Elle est
professeure
de français
Elle fait
découvrir
à sa classe
Vian,
Camus
et Éluard

Elle a 30 ans
Il en a 16

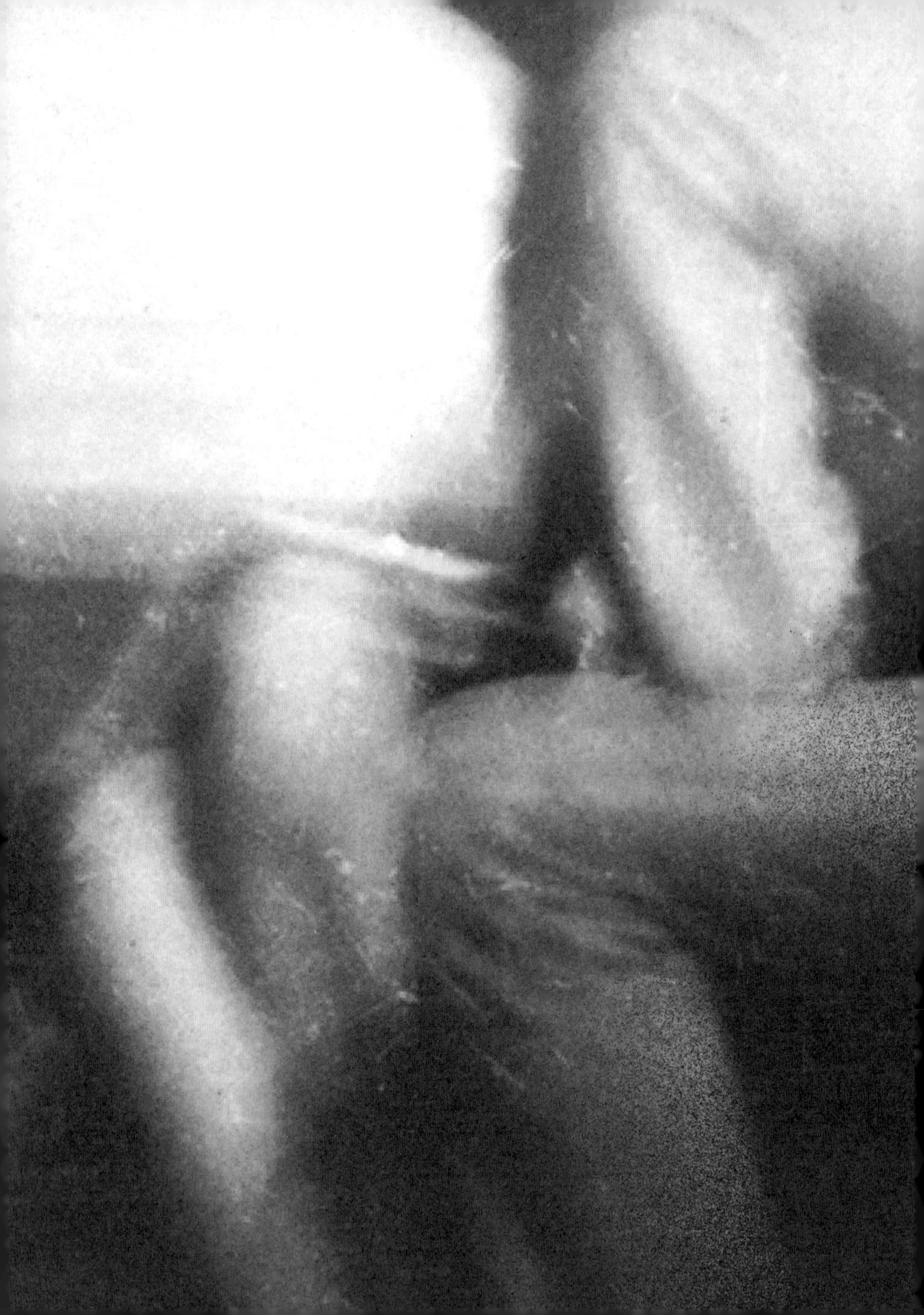

Mai 68 approche

Gabrielle Russier et Christian Rossi, son élève, tombent amoureux

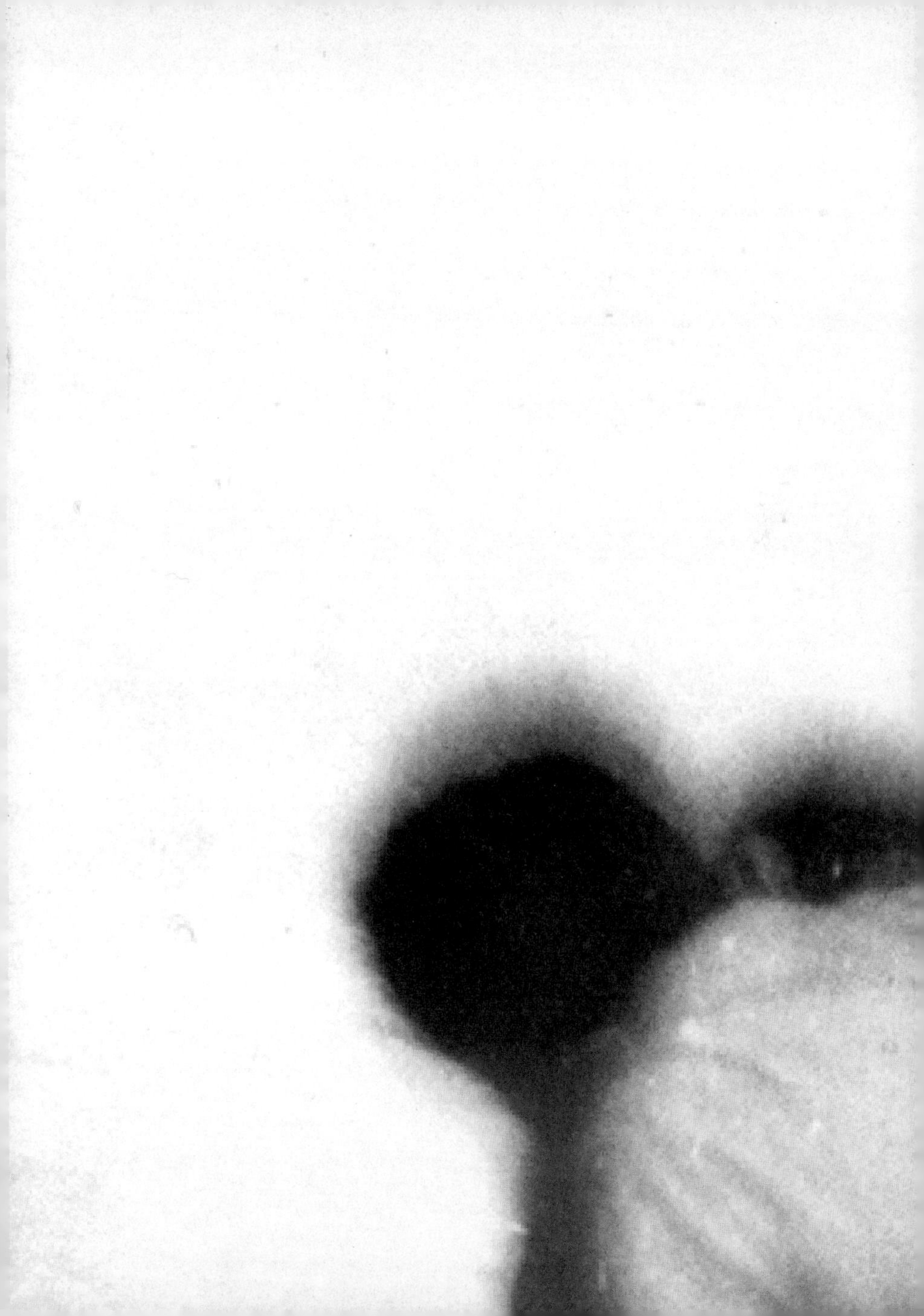

L'Iconoclaste,
26, rue Jacob, 75006 Paris
Tél. : 01 42 17 47 80
iconoclaste@editions-iconoclaste.fr
www.editions-iconoclaste.fr

Pascale Robert-Diard
Joseph Beauregard

Comprenne qui voudra

L'ICONOCLASTE
Le Monde

Les auteurs ont publié à l'été 2020 une série consacrée à l'affaire Russier dans *Le Monde*.

« Penser, parler, écrire, travailler, exister autrement : on estimait n'avoir rien à perdre de tout essayer. 1968 était la première année du monde. »

Annie Ernaux, *Les Années*

La professeure

« Je vous rappelle qu'il est interdit
de fumer dans les couloirs,
dit le pion en lui tapotant
l'épaule.

– Même pour les profs ?

– Ah, pardon. Je ne vous avais pas
reconnue au milieu
des élèves. »

Gabrielle Nogues, née Russier, tire sur sa gauloise bleue. Elle a 30 ans. Trois mois plus tôt, elle a brillamment réussi l'agrégation de lettres modernes. Ce 14 septembre 1967, elle effectue sa première rentrée comme professeure de français et de latin au lycée Nord de Marseille.

Un coup de pouce de dernière minute de sa tante Suzanne, qui connaît du monde au ministère, lui a permis d'échapper à une nomination dans un lycée de jeunes filles à Nîmes. L'immense paquebot qui domine la rade de Marseille, sacré « lycée le plus moderne d'Europe » par le premier secrétaire du Parti communiste de l'Union soviétique, Nikita Khrouchtchev, lors de sa visite en 1960, lui convient bien mieux. Un lycée mixte, le seul des quartiers Nord de Marseille, qui rassemble les élèves des barres HLM de Saint-Louis, Saint-Henri, La Cabucelle, Saint-Antoine ou Saint-André, ceux qui grimpent depuis les petites maisons de l'arrière-port de Mourepiane ou qui quittent chaque jour, dans la voiture de leurs parents, les belles villas lovées dans ce coin de « campagne » que sont alors L'Estaque, La Gavotte, Verduron ou Bouc-Bel-Air. Un brassage de fils et filles d'ouvriers ou d'employés, de pieds-noirs rapatriés depuis peu, de commerçants, d'enfants de la bonne bourgeoisie marseillaise, et même deux des héritiers du prince Norodom Sihanouk, chef d'État du Cambodge.

Prévu pour 1 800 élèves, le lycée en compte déjà 2 700. Le jour de la rentrée, en seconde C, ils sont une trentaine à observer le bout de femme qui se présente à eux. Des cheveux bruns très courts, un visage triangulaire, le nez long, de grands yeux verts. Pas vraiment jolie, avec même quelque chose d'un peu insolite et ingrat dans l'expression, qui s'efface quand elle sourit.

On dirait un chat, pensent les uns. Plutôt un chameau, assurent les autres en s'amusant de sa ressemblance avec l'effigie des paquets de Camel. Sa robe courte, bleue à pois blancs, surmontée d'un col Claudine, la fait paraître plus petite encore et si frêle. Elle va, prévient-elle, leur faire aimer la littérature. Elle promet la même chose à ses élèves de première littéraire. À la classe de troisième qui lui a été attribuée, elle ne dit rien d'abord. Elle sort de son cartable *L'Écume des jours*, de Boris Vian, et en lit quelques pages à l'assemblée de blouses grises et bleues. Les collégiens n'ont jamais vu ça.

Il y a le programme à respecter bien sûr. Celui du Lagarde et Michard, auquel elle préfère le Castex et Surer qu'elle trouve mieux rédigé. Montaigne, Molière, Racine, *Les Provinciales* de Pascal. Mais il y a tous les autres que la fraîche agrégée aime passionnément et qu'elle veut leur faire partager.

Éluard, Apollinaire et Supervielle dont elle peut réciter des dizaines de poèmes, le théâtre de Giraudoux et d'Anouilh – *Antigone*, surtout *Antigone* –, et Proust et Camus et Segalen et Boris Vian, toujours.

En parler, c'est bien. Amener ses élèves à les lire, c'est mieux. Mais au lycée Nord, à l'époque, il n'y a pas de bibliothèque. Qu'à cela ne tienne, Gabrielle Nogues va en créer une, rien que pour eux. À chacun de ses élèves, elle demande une participation symbolique de quelques francs. Elle se chargera d'acheter les livres de poche. Et à la fin de l'année, chacun emportera celui qu'il a préféré. Souvent, elle descend de l'estrade du haut de laquelle les profs dispensent leurs cours magistraux. Quand elle passe dans les rangs, elle laisse un sillon parfumé qui intrigue. *Jicky*, de Guerlain, confie-t-elle un jour à l'une de ses élèves de seconde, la timide Françoise, qui s'est enhardie à lui demander ce qu'elle portait.

À la fin de chaque cours, Gabrielle Nogues s'attarde dans la classe. Elle goûte ces moments où les uns et les autres viennent lui parler. Elle les sollicite, même. Ses sujets de dissertation sont aussi pour elle une façon de faire sortir ses élèves d'eux-mêmes, de les inciter à affronter leurs émotions, leurs troubles, leurs difficultés. « La lumière chez Antigone, vous avez une heure. » De l'un de ses maîtres à la fac d'Aix-en-Provence, l'éblouissant Antoine Raybaud, Gabrielle Nogues a retenu une devise : la culture est inséparable de l'inquiétude de la vie. Seule la culture, pense-t-elle, peut apporter des réponses aux questions que les ados n'osent aborder autour des tables familiales, des dîners à heure fixe auxquels il est alors inconcevable de se présenter avec quelques minutes de retard.

La jeune enseignante préfère ces échanges aux rumeurs de la salle des profs, qu'elle fuit. Petit à petit, elle se joint aux groupes d'élèves dans la cour, discute à bâtons rompus de cinéma, de littérature, de musique, évoquant avec eux les textes de Barbara, Jean Ferrat, Gainsbourg, Reggiani. Mais, de retour en classe, elle sait aussi reprendre sèchement l'un ou l'autre pour ses fautes de français. Au bout des années de lycée, il y a le bac, et ils ne doivent pas oublier que le précieux sésame exige du travail.

Après les cours, Gabrielle Nogues monte dans sa 2 CV grise et emprunte l'autoroute qui la ramène à Aix-en-Provence où l'attendent ses jumeaux de 8 ans, Joël et Valérie. L'appartement au premier étage de l'allée du Soleil, dans le quartier Sainte-Anne, n'est pas très grand mais lumineux. Ouvrant sur un balcon par de larges baies vitrées, le salon est peu meublé. Un canapé rouge pelucheux, des poufs et des coussins multicolores que lacère le chat Frotadou, des étagères pour les livres, un meuble bar, un secrétaire couvert de papiers, un électrophone Teppaz. Gabrielle Nogues se sent bien dans cette résidence où elle a emménagé après la séparation avec son mari. La procédure de divorce qu'elle a initiée est en cours, c'est long, fastidieux, les accusations mutuelles et les constats d'huissier pleuvent dans le dossier.

Avec Michel Nogues, tout était allé très vite. Ils s'étaient rencontrés à la résidence universitaire d'Antony, près de Paris, elle étudiait les lettres modernes, il terminait ses études d'ingénieur. Gabrielle venait de rompre une première relation amoureuse compliquée. Un an plus tard, en 1958, le couple se marie. Gabrielle a 20 ans, la majorité est à 21. Son père, René Russier, avocat pénaliste au barreau de Paris, et sa mère, Marjorie, une Américaine mélomane contrainte par une sclérose en plaques à vivre recluse dans son appartement du 7ᵉ arrondissement, approuvent l'union de leur fille unique avec ce beau jeune homme brillant, athlétique, spécialiste de la fission nucléaire. Sur la photo de mariage, il est le seul à sourire. Gabrielle fixe l'objectif ; ses cheveux très bruns, retenus d'un côté du visage par une discrète barrette, tombent en rouleaux souples sur ses épaules dénudées. Elle porte une élégante robe corolle sans manches, en soie brodée de fleurs, serrée haut sur la taille. Pour tout bijou, sa croix protestante retenue par une fine chaîne en or.

Le couple embarque aussitôt pour Casablanca, au Maroc, où Michel Nogues a été recruté par la Générale électrique. Gabrielle a 22 ans quand elle donne naissance aux jumeaux. Elle n'entend pas rester mère au foyer, trouve un premier emploi de répétitrice au lycée Moulay-Abdellah. Le rapport de l'inspecteur est flatteur, elle est promue enseignante. Autour, la colère gronde, et la toute jeune professeure, qui suit avec passion les revendications d'indépendance, n'hésite pas à apposer sa signature au bas du manifeste des 481 Français du Maroc qui demandent l'ouverture de négociations entre le gouvernement français et le gouvernement provisoire de la République algérienne. Mais déjà, il faut repartir. Une nouvelle mission est confiée à Michel à Cadarache (Bouches-du-Rhône), Gabrielle quitte la première Casablanca avec les enfants, pose quelques mois ses valises chez ses parents à Paris. À l'été 1961, le couple emménage à Aix.

Gabrielle décide de reprendre le chemin de l'université, trop tôt abandonné. Les jumeaux sont priés de se tenir tranquilles, elle prépare le concours de l'Institut préparatoire à l'enseignement secondaire (IPES). Cinq cents candidats, treize reçus. La voilà devenue élève professeure, avec un salaire de 1 000 francs par mois. Au sein du couple, les disputes s'enveniment. Michel reproche à son épouse ses dépenses vestimentaires, elle ne supporte plus sa violence verbale, parfois ils s'empoignent. Mais dès qu'elle s'assoit dans l'amphithéâtre Blondel de la faculté de lettres, Gabrielle est heureuse.

Plus âgée que la plupart des étudiants, mère de famille, elle se lie plus facilement avec les enseignants et avec les assistants qu'avec ses voisins de banc. Comme tout le monde, elle est subjuguée par Antoine Raybaud. Normalien, reçu premier à l'agrégation de lettres, violoniste, beau comme un pâtre grec et le sachant, il arrive toujours en retard, au volant de sa 2 CV brinquebalante bourrée de livres et de journaux et leur parle comme personne d'Arthur Rimbaud, d'André Breton, de Francis Ponge ou de René Char.

Gabrielle admire aussi l'écrivain et professeur Raymond Jean, qui l'encourage pour son diplôme d'études supérieures sur le Nouveau Roman. L'amphithéâtre accueille Alain Robbe-Grillet, Nathalie Sarraute et Michel Butor ; les discussions littéraires et politiques enfiévrées se prolongent au café Le Grillon, sur le cours Mirabeau, autour d'un Martini blanc.

L'étudiante obtient la mention très bien pour son mémoire « Temps romanesque et temps grammatical ». Séduits l'un et l'autre par cette jeune femme vive, enflammée, déterminée, libre, charmeuse aussi, qui a renoncé au chignon, coupé court ses cheveux et accentué son allure androgyne, ils l'encouragent à passer l'agrégation. L'écrit se passe bien, Gabrielle obtient la quinzième place, mais, épuisée, elle perd ses moyens à l'oral. L'échec la blesse. Les jumeaux sont envoyés en colo, puis en maison d'enfants, Gabrielle s'accroche. Le bel Antoine Raybaud croit en elle, elle veut lui plaire, elle ne le décevra pas.

La complicité, la proximité que l'étudiante plus mûre que les autres a connues avec ses enseignants à Aix, la jeune professeure du lycée Nord de Marseille rêve de les nouer à son tour avec ses élèves. Comme il lui semble lointain, le temps de Victor-Duruy, ce lycée parisien de jeunes filles bien nées sur lesquelles veillaient d'austères agrégées ! À part le concierge et le curé en soutane, pas un homme ne franchissait le porche, les garçons avaient interdiction de paraître dans un périmètre de cent mètres autour du respectable établissement. Quant à s'attabler au café, c'était tout simplement inenvisageable.

« Et si on partait au ski ? » Elle a lancé l'idée comme ça, au groupe d'élèves de seconde C avec lequel elle a pris l'habitude de s'attarder après les cours. Quelques jours plus tôt, elle les a emmenés à Aix, assister à un montage poétique de Baudelaire par son ami Antoine Raybaud. Pour beaucoup d'entre eux, c'était leur première sortie culturelle. L'enseignante, qui a grandi au milieu des livres de son père et que sa mère emmenait chaque dimanche à la Comédie-Française, découvre un autre monde. « La misère en allant chez des élèves, l'ignorance, le courage des parents », écrit-elle à son amie d'enfance Fanchon. Les parents, d'ailleurs, apprécient cette professeure qui s'investit autant auprès de ses élèves.

Le père de Joseph, ouvrier chez Citroën, est heureux d'apprendre que, grâce à elle, son fils va monter pour la première fois sur des skis. Certains lui donnent un coup de main pour organiser le voyage, d'autres lui demandent si elle accepterait d'emmener aussi le frère ou la sœur qui sont dans une autre classe. Jean Briot, le proviseur, trouve l'idée étrange, mais, après tout, si cela n'empiète pas sur le temps scolaire et si les parents sont d'accord, il n'a rien à dire.

Un dimanche de mars 1968, à 5 heures du matin, ils sont une quinzaine à grimper dans le car qui les attend sur l'esplanade du lycée Nord, direction Ancelle, à 200 kilomètres de là, dans les Alpes du Sud. Ils font halte au café des Arcades, à Sisteron, et arrivent dans la station à l'ouverture des pistes. Gabrielle épate les garçons débutants, qui s'emmêlent dans leurs skis, en dévalant les pentes sans bâtons avec les plus aguerris. Parmi les filles, les plus prudentes se contentent de marcher dans la neige ou de faire des allers-retours en télésiège. Au retour, les garçons chantent des chansons paillardes, la prof rit et discute avec tous en se baladant dans le car, ils se sentent heureux, privilégiés de la sentir si proche d'eux. Ils ont tous envie de recommencer, une autre sortie est organisée peu après, à Orcières (Hautes-Alpes) cette fois.

Le bowling, ce sont les élèves qui l'ont proposé, Gabrielle a dit oui. Elle les emmène aussi de temps à autre au café où ils partagent des limonades. Au noyau de la seconde C et de la seconde latin-grec qui suivent les mêmes cours en français s'agrègent des élèves de première et un de troisième.

Il y a Andrée, la bonne élève qui se réfugie dans la 4 CV de son père pour faire ses devoirs au calme quand ses parents s'engueulent. Elle aime rejoindre Gabrielle le jeudi après-midi pour l'écouter parler des films qu'elle n'a pas les moyens d'aller voir au cinéma. Anne, encore tout émerveillée d'avoir quitté l'ancien couvent sombre de son collège de jeunes filles, à La Rochelle, pour ce lycée mixte dont chaque fenêtre donne sur la mer, a été captivée dès les premières heures de cours par cette voix chauffée à la fumée des gauloises qui l'encourage à prendre la parole, elle qui a appris à se taire à table et à ne pas répondre aux vociférations alcoolisées de son père. Claudette, fille d'épiciers communistes dans les quartiers Nord, nourrie aux récits épiques de la lutte de son grand-père contre le régime fasciste de Mussolini, qui fait des petits boulots pour se payer des livres de poche, se sent en confiance avec cette prof curieuse de toutes les révoltes politiques dans le monde.

L'autre Claudette, son élève de première, plus mûre que les autres, élevée dans un milieu aimant où les livres sont considérés comme la seule richesse qui vaut, partage son amour de la poésie. Et Françoise, la si timide Françoise ! Fille d'ouvrier des quartiers Nord, elle est muette de fascination devant cette enseignante qui lui accorde tant d'attention, la complimente pour la perfection de ses dissertations, lui prête des livres de Rabindranath Tagore, lui fait lire Proust, Segalen, Breton et Larbaud. Gabrielle Nogues la surnomme Agnès, comme la jeune fille innocente de *L'École des femmes*.

Elle aime bien ça, donner des surnoms littéraires à ses élèves. Geneviève, l'inséparable amie de Françoise rebaptisée Électre, trouve auprès de sa prof une oreille attentive à la violence exercée sur elle et ses sœurs par un père fruste, méfiant, possessif. L'adolescente, qui déteste la dissertation, s'est juré d'apprendre pour être à la hauteur. Si « Madame Nogues » dit que c'est important, alors c'est important. Martine, dont la quiétude familiale vient de se briser sur le décès brutal de sa mère médecin, se réchauffe à l'amitié du groupe.

Et puis il y a les garçons, qui s'étonnent eux-mêmes de l'intérêt nouveau qu'ils éprouvent pour le cours de français, pour cette prof qui dépoussière les livres, les touche de son regard à la fois brûlant et doux. Max est le plus jeune. Il est en troisième. Quatrième fils d'un père ouvrier arrivé de Calabre, il se sent différent parce qu'il éprouve de l'attirance pour les garçons, aime la mode, veut devenir graphiste et couvre ses feuilles blanches de dessins psychédéliques. Max sait que Mme Nogues a compris, qu'elle ne le juge pas, qu'elle sera là pour lui quand il en aura besoin. Il est heureux de l'accompagner jusqu'à la petite maison familiale de L'Estaque pour la présenter à sa mère, courbée sur la machine à coudre avec laquelle elle habille sa famille à moindre prix. Mme Nogues lui a dit qu'elle voulait le même pantalon en tricot que lui. Quand elle vient faire des essayages, sa mère est fière.

De la bande des garçons de seconde C, Luc est le plus aimé. Il est grand, doux, il amuse les filles, il est casse-cou, toujours partant pour faire le pitre. Au lycée, il est aussi bon en maths qu'en français, en allemand et en latin qu'en grec ancien, et, en plus, il dessine. Troisième d'une fratrie de sept, il vit dans un domaine familial de six hectares, entre un père cadre supérieur qui voyage souvent à Paris et une mère très active dans le catholicisme social. Ses deux meilleurs amis sont aux antipodes politiques l'un de l'autre. Didier, fier de sa famille engagée à l'Action française, revendique haut et fort ses convictions royalistes ; Christian, fils d'universitaires communistes, milite aux Jeunesses communistes révolutionnaires (JCR).

Christian a 15 ans et demi, des cheveux très bruns, presque noirs, et n'est pas peu fier du début de barbe qui habille son menton. Aîné d'une fratrie de trois, il vit dans une maison cossue des quartiers résidentiels, à Marseille. Ses parents, Marguerite et Mario Rossi, le déposent parfois en voiture au lycée avant de rejoindre l'université d'Aix-en-Provence, où l'une enseigne le français médiéval et l'autre la philologie. À la fac, tout le monde connaît ce couple, lui jovial et méditerranéen, agrégé d'italien, elle, plus austère, normalienne et agrégée de lettres classiques. On les sait discrètement critiques à l'égard de la ligne orthodoxe du Parti, sensibles aux évolutions des camarades italiens et au bouillonnement des idées gauchistes. Dans leur résidence des Cévennes, à Saint-Germain-de-Calberte, se succèdent tout l'été des universitaires, des syndicalistes, des artistes comme le comédien Antoine Vitez, et les discussions sur le marxisme se prolongent tard dans la nuit autour du four à pain.

Nourri de politique à la table familiale, Christian impressionne en classe. Il est à l'aise, donne son avis sur tout, parfois trop, au goût de certains élèves qui le jugent faraud. Mais il est bon camarade, gai et, avec son caban et son écharpe, les filles le trouvent plutôt beau gosse. Gabrielle Nogues, qui a connu ses parents à la fac, est en terrain familier avec lui. Ils fument les mêmes gauloises bleues après les cours sur le parvis du lycée, Christian s'amuse à en allumer deux d'un coup, une pour lui, une pour elle. Elle rit, il la dévore des yeux. Ils aiment tous deux

Gainsbourg, connaissent par cœur les paroles de la dernière chanson de Reggiani, « Les loups sont entrés dans Paris », pleurent la mort de Che Guevara dont elle a affiché le portrait au dos de la porte d'entrée de son appartement, s'indignent des bombardements américains sur les faubourgs de Hanoi, suivent de près les premiers soubresauts étudiants à Nanterre, se moquent de la peur qui gagne les « fossiles » – un mot de Gabrielle pour désigner les gens qui « vivent sans vivre ». Le printemps est arrivé, les jours rallongent, à Paris, le Quartier latin s'enflamme. Et si l'heure était venue ?

L'amoureuse de mai

Elle rit, elle est heureuse.

L’a-t-elle déjà été autant
qu’en ce printemps glorieux ?
La vague de contestation
partie de Paris, début
mai 1968, a déferlé
sur Marseille.

Sur le parvis du lycée Nord, un groupe se relaie autour du piquet de grève et distribue des tracts enflammés, pleins de majuscules et de points d'exclamation. Les filles goûtent au plaisir de s'asseoir en rond sur l'asphalte tiédi par le soleil. À l'intérieur, un vieux professeur de philosophie erre, désemparé, dans les couloirs. Le proviseur gaulliste ne fait plus peur, d'ailleurs où est-il ? On ne le voit plus. Au fond de la classe, les chaises et les tables sont dressées en pyramide victorieuse, du haut de laquelle un garçon chevelu harangue ses camarades et leur explique que la révolution est en marche. Les élèves réclament le droit d'être entendus, ils veulent des délégués de classe, ils parlent, ils n'arrêtent pas de parler, se coupent la parole, s'interpellent, grisés par ce bonheur tout neuf. Leur professeure de français, Gabrielle Nogues, les écoute, les encourage, elle les comprend, elle les aime. Comme elle les aime !

Les mots d'ordre fusent, dans les usines on arrête les machines, les marins bloquent le port, les mineurs de Gardanne cessent le travail, les employés municipaux se mettent en grève, les étudiants investissent l'ancien kiosque à musique de la Canebière et le transforment en « centre culturel » où ils tiennent leurs meetings. Les comités d'action lycéens (CAL) appellent à l'occupation des établissements, la police et le Parti communiste français s'inquiètent ensemble de la turbulence de ces « groupuscules gauchistes » qui échappent à leur contrôle et foncent sur leurs Solex propager l'agitation dans les lycées du centre-ville.

Tous à la manif ! Gabrielle Nogues a troqué sa robe contre un tee-shirt et un jean dont elle a retroussé les jambes. Elle va des uns aux autres, se met à les tutoyer, distribue les sandwichs et les gâteaux, donne un coup de main à la confection des banderoles : *Lycée Nord en grève – La chienlit c'est lui, l'avenir c'est nous !* Sa nouvelle Dyane rouge est garée sur le parking : « Je ne sais pas si j'ai bien fait de la choisir de cette couleur… Peut-être un peu trop voyant, non ? » dit-elle en plaisantant. Les cartables s'entassent dans le coffre, on les récupérera plus tard. Le cortège s'élance, sept kilomètres à parcourir à pied jusqu'à la gare Saint-Charles pour rejoindre la manifestation en haut de la Canebière. Sur le chemin, Gabrielle s'échappe un moment avec les filles qui ont mal aux pieds dans leurs souliers à petits talons et veulent s'acheter des espadrilles. Elle reprend sa place en tête du cortège, joint sa voix à celle des lycéens qui chantent à tue-tête et s'époumonent à crier des slogans. La main de Christian Rossi, son élève de seconde, serre fort la sienne.

Il a fêté ses 16 ans en janvier, laisse pousser ses cheveux, une fine moustache borde sa lèvre supérieure, son menton s'est couvert d'une barbiche noire et drue. Pendant qu'à la fac d'Aix-en-Provence son père universitaire, communiste « éclairé », regarde d'un bon œil la révolte estudiantine, Christian lève le poing dans la rue avec ses camarades de la Jeunesse communiste révolutionnaire, participe à l'occupation du grand lycée Thiers rebaptisé « lycée de la Commune de Paris », trépigne d'impatience à l'idée d'affronter les « fafs » depuis que Didier, son copain royaliste, l'a fait discrètement prévenir d'une descente imminente de militants d'extrême droite. De plus en plus souvent, il retrouve Gabrielle dans les amphithéâtres enfumés de la fac de lettres ou de sciences où se tiennent des happenings interminables. Ils se cachent à peine pour s'embrasser.

Autour d'eux, un noyau de fidèles – Françoise, Claudette, Geneviève, Martine, Didier, Luc – fait rempart de son silence. L'histoire qui se noue entre leur professeure de 32 ans et leur camarade de classe est aussi la leur. Elle aurait pu les diviser, elle les soude au contraire dans un mélange de pudeur et de complicité. À travers Christian, ils se sentent tous un peu choisis. Eux aussi osent désormais appeler Gabrielle par son prénom. Elle est de leur côté, elle les fait grandir et mûrir, ils peuvent tout lui dire, son enthousiasme les épate, et puis elle paraît si jeune ! D'ailleurs, l'autre jour, pendant la tournée de collecte auprès des commerçants pour soutenir les grévistes, la pharmacienne l'a prise pour une élève.

Serrés à six dans la Dyane que Gabrielle a décorée d'autocollants de marguerites, ils font la navette entre Marseille et Aix pour rejoindre son appartement ensoleillé. Ils restent là pendant des heures, à parler politique et poésie en piochant dans sa collection de vinyles. Xenakis, Moustaki, Gainsbourg, Léo Ferré, un enregistrement des poèmes d'Éluard. Quand ils rentrent de l'école, Joël et Valérie passent une tête dans le salon. Ils ne s'attardent pas, leur mère les envoie faire leurs devoirs dans leur chambre. La première fois que les lycéens les ont vus, ça les a étonnés qu'un petit bout de femme comme elle soit déjà mère d'enfants de cet âge.

Le 30 mai, elle est au milieu d'eux, dans le hall du lycée. Elle a apporté sa radio pour qu'ils puissent écouter en direct le discours de De Gaulle. « J'ai pris mes résolutions, dit la voix impérieuse. Je ne me retirerai pas. Je ne changerai pas le Premier ministre. Je dissous aujourd'hui l'Assemblée nationale. » Le proviseur, Jean Briot, met fin au happening : « La chienlit, c'est fini. Rentrez en classe, maintenant ! » « La révolution nous a posé un lapin », commente tristement Gabrielle.

Quelques jours plus tard, alors qu'elle descend les marches de la faculté d'Aix où elle a assisté à une assemblée générale en compagnie de Christian, elle est apostrophée rudement par Mario Rossi. « Cessez de voir mon fils, laissez-le tranquille ! » lui lance-t-il. L'avertissement la glace. Si elle n'a pas été son étudiante, elle a été celle de son épouse, Marguerite, et tous les deux sont venus la féliciter quand elle a obtenu la mention très bien à son mémoire. Elle connaît l'engagement politique de Mario à gauche, l'intérêt qu'il porte au vent de mai. Que font-ils d'autre, Christian et elle, sinon éprouver en vrai ce que les slogans affichés sur les murs des universités proclament ? *Prends la vie ! – Libérez les passions – Jouissez sans entraves – Il est interdit d'interdire.* Le soir, elle refuse pourtant d'ouvrir sa porte à Christian venu avec Françoise, la plus timide du noyau de fidèles. L'adolescent fougueux s'impatiente et frappe si fort qu'il arrache un bout du panneau de bois, au dos duquel il sait qu'est affiché un portrait de Che Guevara. Gabrielle lui passe un mot sous la porte. « Tu vas tuer le Che ! » « Le Che est immortel ! » lui répond Christian. Elle le laisse entrer, Françoise patiente, seule, devant la porte.

De retour au lycée, en juin 1968, Gabrielle Nogues mesure que la rumeur de sa liaison avec son élève est parvenue aux oreilles des enseignants, qui la regardent drôlement. « Une femme mariée, mère de deux enfants, ne peut pas faire ça », murmurent quelques-unes dans la salle des profs. Parmi leurs collègues masculins ravis de voir l'ordre se rétablir au lycée fusent des blagues graveleuses. Mais l'été arrive, il fait si beau, dans les bacs des disquaires on s'arrache le single des Moody Blues, « Nights in White

Satin » et celui de David McWilliams, « Days of Pearly Spencer ». On ne va tout de même pas se laisser impressionner par les grincheux.

Sur la plage de Sainte-Croix, Gabrielle a apporté sa caméra Super 8, Geneviève son appareil photo. La bande a décidé de se retrouver avant la grande dispersion des vacances. Françoise s'est défilée, trop pudique pour exposer son corps au soleil. Martine, Édith et Catherine, en bikini jaune et vert, distribuent les tomates crues et les œufs durs, Luc est allongé sur le sable avec un livre, Didier, le royaliste, et Christian, le trotskiste, font les pitres avec leur blouse grise du lycée enfilée à même la peau. Gabrielle les saisit au ralenti quand ils avancent vers elle de leur démarche chaloupée, Christian lui dédie un sourire canaille. Il se jette en courant dans la mer, joue à mettre la tête des filles sous l'eau, revient vers Gabrielle, s'allume une gauloise. Elle le filme, elle ne se lasse pas de le filmer, avec ses cheveux collés sur le front, son corps mince luisant d'eau. Elle est déjà bronzée dans son maillot turquoise, un modèle plus couvrant que celui de ses élèves.

À la mi-juillet, Christian annonce à ses parents qu'il part en stop en voyage en Italie. Un copain sert d'alibi. Mario et Marguerite Rossi les regardent s'éloigner sac au dos pour rejoindre la sortie sud de Marseille. La Dyane rouge de Gabrielle les attend à Nice, les amoureux rient comme des mômes du tour qu'ils ont joué. À eux la liberté, Florence, Rome et la Sicile ! Les kilomètres défilent lentement. À l'arrière de la voiture, l'alibi s'ennuie, il veut rentrer. Après l'avoir déposé à la gare de Rome-Termini, les deux amoureux prolongent leur séjour dans la capitale italienne mais renoncent à s'aventurer plus loin. Trop risqué. Mieux vaut rentrer. Sur la « tortue de la liberté », comme elle appelle désormais sa Dyane rouge, Gabrielle a apposé un autocollant *Fatte l'amore, non la guerra.*

Quelques semaines plus tard, la « tortue » reprend du service. Direction l'Allemagne cette fois où, en compagnie de Didier, Gabrielle respecte sa promesse d'aller chercher Christian à la fin de son séjour chez son correspondant à Linz am Rhein. Sa barbe a encore poussé. « Mon métèque », lui dit-elle tendrement. Ils rentrent par petites étapes jusqu'à Marseille, Christian passe les derniers jours d'août chez elle, à Aix, encore des moments de liberté dérobés à l'attention des parents Rossi. À Fanchon, son amie de lycée parisienne, elle écrit : « J'aurais tant de choses à te dire qui ne peuvent s'écrire. Une complicité qui se crée et qui peut aller très loin. Je ressemble de plus en plus à celle que j'étais à [Victor-]Duruy. C'est la faute à mes élèves qui m'ont rendu mes 15 ans. Avec la méchanceté en moins, je crois.» Sa décision est prise, elle va déménager à Marseille. C'est plus près du lycée, plus près de Christian, aussi.

Des trois immeubles de la résidence Nord, construite en bordure de l'autoroute, la tour F est la plus haute. Treize étages, quatre appartements par étage, exclusivement des F4 réservés aux familles. Gabrielle s'installe au onzième. Les jumeaux auront chacun leur chambre, Joël à côté de celle de sa mère, Valérie à l'autre bout du couloir. Le peu de mobilier est vite installé dans le salon. Le portrait du Che est du voyage, le chat Frotadou doit composer avec un matou de gouttière recueilli dans la rue. Gabrielle monte le son de la radio qui diffuse le tube de l'été. «Attends-moi / Tu sais que nos deux vies / Sont faites l'une et l'autre / Pour vieillir ensemble. / Attends-moi / Surtout n'oublie jamais / Le serment que je t'ai fait / D'être heureux ensemble.» Chœur, violons, voix sirupeuse de Monty. Si sa pianiste de mère familière de l'Opéra de Paris la voyait aussi midinette, elle n'en reviendrait pas.

Autant Gabrielle a hâte de revoir ses élèves de l'année écoulée, autant la perspective de retourner au lycée et à ses rumeurs l'inquiète. Entre Christian et ses parents, les relations sont tendues. Après ce printemps mouvementé, Mario et Marguerite Rossi entendent bien que leur fils se consacre sérieusement à ses études. Mais l'adolescent, qui a goûté à la liberté, ne supporte plus la surveillance qu'ils exercent sur son emploi du temps. Il leur annonce, dans une lettre, qu'il ne rentrera plus dormir chez eux et retrouve Gabrielle chaque fois qu'il le peut.

Au lycée Nord, ses nouveaux élèves découvrent une professeure tendue, ombrageuse. À ceux de terminale, elle demande de recopier sur une feuille de papier le poème de Baudelaire « Enivrez-vous », puis de le commenter. Elle s'irrite de leurs réponses, qu'elle juge décevantes.

Gabrielle n'a qu'une idée en tête, parler aux parents de Christian. Ils iront tous les deux, elle va tout leur expliquer, ils vont comprendre et les laisseront vivre ensemble, veut-elle croire. À Mario Rossi, qui accepte de la rencontrer au restaurant, elle assure qu'il ne doit pas s'inquiéter pour la scolarité de son fils, qu'elle est la première à vouloir le faire travailler. Elle paie même de sa poche les cours de latin que lui donne Pietro, le mari de Josephina, sa femme de ménage qui vient souvent garder les jumeaux. Pietro gagne sa vie comme cordonnier, vénère la *Divine Comédie* et a gardé de ses sept ans au petit séminaire une passion intacte pour le latin.

Le soir du 10 octobre, Gabrielle se présente comme convenu au domicile des Rossi avec Christian, pour poursuivre l'esquisse de dialogue amorcée au déjeuner. Mais à peine a-t-elle garé sa Dyane que le père sort sur le perron et ordonne à son fils de rentrer à la maison, seul. Par une indiscrétion, Mario et Marguerite Rossi viennent d'apprendre la vérité sur le voyage en Italie, ils sont ulcérés. Que Christian leur ait menti, ils ont déjà du mal à l'admettre. Mais qu'une professeure, qui a le double de son âge, l'ait encouragé à ce mensonge leur est insupportable. Gabrielle tente de s'expliquer, Mario Rossi la coupe, Christian refuse de quitter la voiture, les insultes pleuvent, elle appuie sur l'accélérateur, la Dyane heurte un muret avant de repartir en trombe. Au volant, Gabrielle tremble de tout son corps.

Au lycée Nord, son nom est affiché sur le tableau des professeurs absents. La date de son retour est constamment reportée. « Dépression », indique le médecin qui lui signe, début octobre, un congé maladie de trois mois. La bande de fidèles, celle des sorties au ski et à la plage, se reforme autour d'elle. Anne a bondi de joie quand elle a vu la Dyane rouge garée sur le parking de la résidence Nord. Leur chère Gabrielle installée à une tour d'écart de son appartement familial ! Plus besoin d'alibi pour lui rendre visite, emprunter l'ascenseur jusqu'au onzième étage, s'asseoir avec les autres au milieu des coussins, chacun le sien étiqueté à son prénom, écrire des poèmes que Gabrielle affiche sur les murs. Ensemble, ils imaginent la classe idéale. Ils dictent, elle prend des notes. « Fay ce que vouldras » est leur devise. Gabrielle est proclamée professeure unique de philo, de français, d'espagnol et d'anglais, Anne et Françoise sont ses adjointes, en charge du journal du lycée. En plus de leur « délégation à l'ambiance », Luc et Didier assurent les

« cours facultatifs » de latin et de grec, Édith est nommée professeure d'éducation physique, Claudette d'art dramatique, Christian se voit attribuer les cours d'italien, de révolution, et la délégation aux relations humaines.

Ces moments de joie partagée ne durent pas. Gabrielle ne veut plus revenir au lycée Nord. Elle compte sur ses anciens maîtres, Antoine Raybaud et Pierre Voltz, qui l'ont préparée à l'agrégation, ainsi que sur le fidèle Raymond Jean, pour soutenir sa candidature à un poste d'assistante à la faculté d'Aix. Mais elle est tendue, inquiète. À plusieurs reprises, elle a aperçu la voiture de Mario Rossi, le père de Christian, autour de la résidence. Joël, qui va sur ses 9 ans, est chargé par sa mère d'aller le repérer.

Face aux absences prolongées de leur fils, les Rossi ont alerté le procureur et fait appel aux conseils d'un de leurs camarades du Parti communiste français, adjoint à la mairie de Marseille, l'avocat Christian Grisoli. « Je suis embêté avec une histoire, confie celui-ci à l'un de ses confrères. Le fils d'un de mes clients a une relation avec sa professeure, le père me dit qu'il ne travaille plus et me harcèle pour que je mette fin à cette relation. » La décision des parents est prise : Christian doit changer de lycée. Ils obtiennent son inscription à Argelès-Gazost, dans les Hautes-Pyrénées, loin, très loin de Marseille. Gabrielle le supplie d'accepter, de penser à ses études, elle lui promet d'écrire tous les jours, il exige en échange qu'elle le rejoigne aux vacances de la Toussaint. Le jour de son départ, elle accroche une immense carpe koï en tissu orange au balcon de son appartement, en se disant que Christian la verra depuis l'autoroute.

Le 31 octobre, la Dyane rouge n'est plus sur le parking, constate la police marseillaise. Gabrielle roule vers Argelès-Gazost. La jeune femme vient de recevoir sa nomination à un poste d'assistante, non pas à Aix, comme elle l'espérait, mais à Rennes. Elle est défaite. Sachant le courrier de Christian surveillé, elle lui a annoncé la mauvaise nouvelle dans un télégramme rédigé en italien et signé d'un prénom masculin. Les gendarmes suivent la Dyane rouge qui emprunte une route sinueuse et se gare à quelques kilomètres d'Argelès-Gazost. Il pleut à verse, un jeune homme venu à vélo s'engouffre dans la voiture. Les amants s'enlacent, les gendarmes toquent à la vitre. Flagrant délit. Gabrielle est conduite au poste, interrogée et priée de rejoindre aussitôt Marseille pendant que Christian est ramené au lycée.

« Suis désemparée, t'écris dans un bistrot en buvant un Martini italien. Chris est comme fou, écrit-elle à Luc, leur ami commun. Je vais essayer de le faire tenir jusqu'au 11 novembre, mais je ne crois pas que j'y arriverai. Il ne travaille pas, s'endort à trois heures du matin, se bat avec tout le monde. Tu ne le reconnaîtrais pas, maigri, anxieux, il ne sait même plus me sourire, ou à peine. Ils vont le rendre malade, cinglé. J'ai peur, Luc. » Christian fugue de son établissement et ne donne plus signe de vie à ses parents.

Cette fois, c'est trop. Le 25 novembre, Mario Rossi dépose officiellement plainte contre Gabrielle Nogues pour « enlèvement et détournement de mineur ». L'information est transmise au recteur, lequel prévient le proviseur du lycée Nord. Chez les professeurs, Gilberte Thouvenot, l'amie et la voisine de Gabrielle, et sa collègue de français, Christiane Beulaygues, se retrouvent bien seules à la défendre. Parmi les parents, il en est plusieurs que ces poursuites indignent. Le père médecin de Martine Bosc, qui connaît les Rossi, tente de les ramener à la raison. En vain. « Mais comment des intellectuels qui se disent ouverts peuvent-ils se montrer aussi bornés ? » s'exclame-t-il devant sa fille. Colette Dubois, la maman de Luc, est tout aussi révoltée. Cette mère de sept enfants a déjà reçu plusieurs fois l'ancienne professeure de son fils dans son magnifique domaine familial à La Gavotte. Elles ont beaucoup parlé. Colette Dubois, catholique engagée, apprécie la culture et l'éducation de cette petite-fille de pasteur. Mais par-dessus tout, la sincérité de son amour pour son élève la touche.

Pour l'heure, placée sous surveillance policière, Gabrielle ruse. Elle écrit à son fidèle ami de fac, Albert, pour lui demander d'apporter un colis à Christian, caché dans une chambre d'hôtel à Trets, un village situé à une cinquantaine de kilomètres de Marseille. Elle s'achète une perruque grâce à laquelle elle trompe la vigilance des policiers chargés de la filer. Entrée brune aux cheveux courts dans un grand magasin du centre-ville, elle en ressort blonde et frisée à la barbe des fonctionnaires. Coiffée de la même perruque, elle vient s'enquérir auprès d'une logeuse du prix d'une chambre dans le quartier grouillant de La Capelette, à Marseille. Claudette, Martine, Françoise et Luc se muent en émissaires discrets entre les amants.

Prudente, Gabrielle prend aussi conseil auprès de son père, René Russier, avocat à Paris. C'est pour une amie, dit-elle, qui est poursuivie pour enlèvement et détournement de mineur. Le détournement, ça se plaide, l'enlèvement, c'est plus ennuyeux, répond-il. Gabrielle se souviendra du conseil.

Le 4 décembre, elle est interpellée gare Saint-Charles devant un guichet et placée en garde à vue. « Je me renseignais pour mon père qui doit venir de Paris », dit-elle aux policiers. « Elle m'a demandé les horaires des trains en partance pour Turin », corrige le guichetier. Le procureur ouvre une information judiciaire. Quelques heures plus tard, Gabrielle pénètre dans le cabinet d'instruction n° 11 du palais de justice de Marseille.

Le juge Bernard Palanque lui fait décliner son identité. « Russier Gabrielle, épouse Nogues, en instance de divorce. Née le 29 avril 1937, à Paris. Professeure. » Son âge, d'un coup, lui revient en pleine figure.

L'obstinée

Le juge d'instruction

Bernard Palanque feuillette

le mince dossier qui vient

de lui être confié.

Une plainte pour « enlèvement et détournement de mineur », des procès-verbaux d'interrogatoire, des comptes rendus de filature, une rapide enquête de voisinage. La plainte est signée de Mario et Marguerite Rossi, professeurs à l'université d'Aix-en-Provence. Leur fils Christian n'a pas donné signe de vie depuis quinze jours. Gabrielle Russier, placée en garde à vue la veille, se trouve toujours dans les geôles du palais de justice. Bernard Palanque comprend mieux pourquoi le procureur l'a appelé alors qu'il n'était pas de service ce jeudi 5 décembre 1968. « L'affaire est délicate », lui a-t-il soufflé.

Fils d'un doyen d'université, père de sept enfants, Bernard Palanque est aussi l'un des premiers adhérents du Syndicat de la magistrature, créé quelques mois plus tôt dans la foulée de Mai 68. Depuis sa nomination à Marseille, ce juge de

44 ans s'est occupé de plusieurs gros dossiers. Il vient de signer le renvoi devant la cour d'assises de la figure du milieu marseillais Barthélemy Guérini, dit Mémé, impliqué dans l'assassinat d'un garçon de café tué de neuf balles dans la tête avant d'être précipité du haut d'une falaise.

La professeure qui lui fait face décline avec calme son identité.

« Où sont vos enfants ? s'enquiert-il en réalisant que cette femme trentenaire est mère de jumeaux de neuf ans, un garçon et une fille.
– La femme de ménage s'en occupe. Elle les prend souvent chez elle.
– Où est Christian Rossi ?
– Je ne sais pas. »

Bernard Palanque insiste.

« Je dois le retrouver.
– Je vous répète que je ne sais pas où il est. »

Le juge sait que la veille, lors de son interpellation gare Saint-Charles, Gabrielle Nogues a menti aux policiers. Elle a affirmé être venue consulter, pour son père, les horaires des trains en provenance de Paris alors que, selon le témoignage du guichetier, elle se renseignait sur les départs à destination de Turin. Mais elle refuse d'en dire plus. À lui de se débrouiller puisqu'il est « payé pour ça », lui lance-t-elle, bravache. Bernard Palanque tente de la mettre en confiance. Le magistrat, fils d'universitaire, ne doute pas qu'il saura apaiser la professeure agrégée, fille d'avocat. Il la fait parler de son métier, du lien qu'elle a créé avec ses élèves, de leurs sorties en montagne ou à la mer. « Moi aussi, lui dit-il, j'ai eu un professeur de français-latin-grec qui nous emmenait en excursion.

Parfois, il nous invitait chez lui. Son épouse nous offrait des goûters somptueux. Je m'en souviens bien, c'était pendant les restrictions en 1942 ! » À cette évocation, Gabrielle Nogues semble se détendre. Elle consent à lui donner le nom des plus proches camarades de Christian. Parmi eux, Luc Dubois.

« Dubois ? Le fils de René et de Colette ?
– Oui, répond-elle tout étonnée. Vous les connaissez ?
– Depuis plus de vingt ans ! »

Gabrielle est reconduite en cellule pendant que Bernard Palanque compose le numéro de téléphone des Dubois. Les deux couples fréquentent le même cercle de réflexion catholique. Colette décroche le combiné. En entendant le juge Palanque lui expliquer qu'il est à la recherche de Christian Rossi et qu'il aimerait parler à son fils Luc, elle sent sa gorge se nouer. Colette Dubois aime beaucoup Gabrielle et ne comprend pas les poursuites dont elle fait l'objet. Elle a permis plusieurs fois aux amants de se retrouver discrètement dans sa belle propriété familiale. Depuis quelques jours, c'est chez eux que Christian a trouvé refuge. « Il a appelé Luc. Il est à Nice », ment-elle tout à trac.

Elle ajoute aussitôt qu'ils feront tout pour le convaincre de se présenter devant le juge. Son mari ira lui-même le chercher pour l'accompagner, promet-elle. Bernard Palanque est soulagé. Il a toute confiance en Colette et René Dubois.

La soirée est déjà bien avancée quand un fourgon de police se présente au domicile des Rossi. Le juge a eu des nouvelles de leur fils et souhaite les rencontrer, leur dit l'agent sans autre précision. Bernard Palanque voit entrer dans son bureau un père dévoré d'inquiétude. « Christian va bien, il est à Nice ! » le rassure le juge. Mario Rossi s'effondre en larmes, il avait envisagé le pire. Quand son épouse le rejoint, la peur laisse place à la colère. Tout cela est la faute de cette femme qui a « ensorcelé » leur fils et lui a fait perdre la raison, elle est capable de s'enfuir avec lui, assurent-ils. Quelques minutes plus tard, le juge signe la mise sous écrou de la professeure. Elle est incarcérée aux Baumettes, sous le numéro 57185.

Le lendemain, conduite sous surveillance policière à la résidence Nord, elle assiste à la perquisition de son domicile. Un inspecteur y découvre le cartable de Christian avec toutes les lettres de Gabrielle, ainsi que la perruque qu'elle utilise pour déjouer les filatures. Pendant que les policiers ouvrent les placards, inspectent le contenu des boîtes de médicaments, un distributeur de mouchoirs en papier attire l'attention du juge. À l'intérieur sont dissimulées les lettres qu'elle a reçues de Christian. La perquisition se poursuit. Bernard Palanque fait saisir un courrier à en-tête de René Russier, avocat au barreau de Paris, retrouvé dans un secrétaire. Gabrielle a fini par avouer à son père que c'était elle, et non pas une amie, qui entretenait une liaison avec l'un de ses élèves et avait besoin de conseils juridiques. René Russier ne cache pas ses inquiétudes à sa fille. Elle risque d'aller en prison, lui écrit-il, compromet sa carrière et son divorce, dont la procédure est toujours en cours. Dans une autre pièce, les policiers tombent sur des bobines de film. « Immontrable », indique l'étiquette manuscrite apposée sur l'une d'elles. Gabrielle retourne aux Baumettes.

Le matin du dimanche 8 décembre, René et Luc Dubois accompagnent comme promis Christian dans le bureau du juge Palanque. Le jeune homme refuse de rentrer chez ses parents et René Dubois suggère à son ami Palanque de le lui confier en attendant la décision d'un juge des enfants. Pour Bernard Palanque, l'affaire est réglée : l'adolescent est sain et sauf, il est en bonnes mains. Quant à la bobine « immontrable », elle ne révèle qu'un pudique moment d'intimité : Christian couché nu dans un grand lit, le corps à moitié dissimulé sous les draps, adressant un sourire heureux à la prof amoureuse qui le filme.

La détention ne se justifie plus, estime le juge, qui remet Gabrielle Nogues en liberté. Quand elle revient chez elle, mardi 10 décembre, Colette Dubois est là pour l'accueillir. Ses anciens élèves l'entourent de leur amitié et de leur sollicitude.

Mais à l'approche des fêtes, le cercle se disperse. Sans nouvelles de Christian, Gabrielle confie sa mélancolie à son petit carnet à spirales. « Je regarde encore une fois les lumières de la ville, mais tous, vous êtes loin. Chris, j'aurais voulu me faire belle pour toi, rire avec toi », note-t-elle le soir de Noël.

À la demande du juge des enfants Georges Besnard, l'adolescent a été placé provisoirement dans le centre marseillais d'observation pour mineurs des Chutes-Lavie. Il ne veut toujours pas entendre parler d'un retour au domicile familial. Face à sa détermination, le juge Besnard propose une solution de compromis : un logement autonome à la rentrée de janvier dans un foyer, en échange de la reprise de ses études en première au lycée Thiers à Marseille, et du suivi par un éducateur. Les parents donnent leur accord mais Mario Rossi se méfie. Chaque jour, à 19 heures, il appelle le foyer pour s'assurer que son fils est rentré.

Au début, Christian donne le change, il est assidu aux cours, respecte les plages de liberté qui lui sont accordées. Les amants se revoient, vont ensemble au cinéma, au café, s'enlacent dans la Dyane. La voiture est suivie, les policiers consignent scrupuleusement la durée de leur étreinte sur procès-verbal. Tant de contraintes ne tardent pas à les étouffer. Ils veulent plus de temps, plus d'espace, plus de liberté, plus de tout. Les amis de Gabrielle s'irritent de son insouciance. Ni Christiane Beulaygues, sa collègue du lycée Nord, ni René et Colette Dubois ne comprennent l'obstination avec laquelle elle se met en danger, et Christian avec elle, alors que l'instruction de la plainte est toujours en cours. Ils le lui disent, elle ne les écoute pas.

La réaction des parents Rossi ne se fait pas attendre. Pour eux, ce n'est pas d'autonomie dont leur fils a besoin, mais de soins. Ils décident de le faire hospitaliser d'office à la clinique psychiatrique de L'Émeraude. À peine arrivé, Christian s'enfuit en escaladant un mur, hèle un taxi, donne l'adresse de Gabrielle et débarque chez elle en pleine nuit. La passion l'emporte sur la peur, elle lui ouvre sa porte. La justice les rappelle à l'ordre. Christian est convoqué chez le juge Besnard, Gabrielle est entendue par le juge Palanque. Pendant qu'il l'interroge, elle ignore que, sur les marches du palais, Mario Rossi désigne son fils à deux infirmiers, qui l'interceptent et le ramènent de force à L'Émeraude.

Quatre murs, une lucarne, un lit rivé au sol pour seul mobilier, une porte verrouillée. Matin, midi et soir, les infirmiers veillent à ce qu'il ne recrache pas les doses de tranquillisant, de neuroleptique et de somnifère qui lui ont été prescrites. La cure de sommeil va durer trois semaines. Christian parvient à griffonner un mot pour Gabrielle qu'un jeune infirmier accepte de poster : « Souviens-toi de notre accord : il ne faut pas s'inquiéter et ne pas vieillir. Je ne sais pas ce qu'ils veulent au juste mais si c'est me faire oublier, ils peuvent attendre. *Ti amo per sempre.* »

Au onzième étage de la résidence Nord, deux de ses anciennes élèves, Françoise et Claudette, et surtout Gilberte Thouvenot, sa voisine et collègue du lycée, se relaient au chevet de Gabrielle. Son congé maladie a été prolongé, l'internement de Christian la consume, la tentation d'en finir la guette. Elle est secouée de tremblements, ne se nourrit plus, avale plusieurs fois des médicaments. Valérie et Joël, ses jumeaux, s'habituent à n'avoir que des corn-flakes pour tout dîner. « Maman est malade », dit tristement le garçon à ceux qui prennent des nouvelles. Le cercle des amis s'est réduit. La rumeur répandue par Marguerite Rossi selon laquelle Gabrielle ferait « consommer de la drogue » à ceux qui lui rendent visite est parvenue aux oreilles des familles. Le juge Palanque est destinataire de courriers de parents indignés par l'« immoralité » de cette professeure qui détourne leurs enfants du droit chemin, les incite à la révolte et à la débauche. Geneviève, l'une des fidèles de la seconde C, a été chassée de la maison familiale. « Puisque tu es bien ailleurs, va donc vivre avec ceux que tu aimes ! » lui a lancé son père. Anne, sa chère élève, a été retirée du lycée Nord et envoyée à Lyon, où sa grand-mère est chargée de veiller sur elle et sur sa correspondance.

Dans les lettres qu'elle lui adresse, Gabrielle la vouvoie, use d'un mot codé – « les loups » – pour désigner les parents de Christian et signe d'un prénom d'emprunt. « Anne, je vous en prie, n'écrivez plus à personne ou le moins possible, et faites très attention. Ils voient dans tous les mots des choses extraordinaires. Et aussi, je vous demande de jeter dans le Rhône tout ce que je vous ai envoyé, sauf l'*Eau sauvage*. Si nous sommes malheureux un jour, nous essaierons d'être élégants. Je te le promets. » Aux autres élèves de la bande, elle crie son désarroi : « Vous m'avez tant appris, tant donné, que désormais je sais, et pour toujours, qu'il y a des choses qui méritent qu'on meure pour elles. J'ai voulu vous prouver qu'on pouvait lutter contre la sottise et la laideur. Je me suis cassé la gueule. S'il m'arrivait quelque chose, je ne veux pas que vous considériez cela comme un échec. Mais seulement comme la dernière, ou avant-dernière phase d'un combat que vous poursuivrez sans moi. Mais non pas seuls.» À Fanchon, son amie d'enfance parisienne, elle confie le 18 février: «Tout ce qui m'est arrivé tient de San-Antonio et de Racine, cela se terminera peut-être par un fait divers.»

Épuisé, hébété par le traitement qu'il a subi pendant trois semaines, Christian se rend. Il accepte la nouvelle proposition de ses parents de partir s'installer à Montpellier chez sa grand-mère et de retourner au lycée. Pour lui, Gabrielle veut reprendre des forces. Au volant de sa Dyane rouge, elle fait un aller-retour à Lyon pour rencontrer Anne et récupérer ses cours de philo qu'elle espère pouvoir transmettre à Christian. Elle se rend aussi à Aix pour assister à un cours sur Baudelaire. «Je me suis retrouvée comme il y a deux ans, tellement heureuse d'être élève à nouveau, de prendre des notes», écrit-elle.

Devant son ancien professeur Raymond Jean, venu partager un café avec elle dans un bistrot de la ville, elle sort de son sac une photo de Christian qu'elle lui montre, tout attendrie. Elle lit Sophocle, écoute en boucle la *Missa Luba* d'Ariel Ramírez – dont le *Sanctus* compose la bande originale du film *If* qu'elle a tant aimé avec ses élèves –, va voir *Z*, de Costa-Gavras, au cinéma avec Gilberte Thouvenot, s'enthousiasme pour *Théorème* de Pasolini. Elle dépose une nouvelle candidature au poste d'assistante à la faculté de lettres d'Aix et une autre dans un lycée agricole. Mais elle se sent toujours épiée par ses voisins. « En ce moment, on lave beaucoup les carreaux le matin », raille-t-elle.

Mi-avril, Gabrielle accepte l'invitation d'un couple d'amis à venir se reposer quelques jours dans le chalet qu'ils possèdent dans la station de ski de Pra-Loup (Alpes-de-Haute-Provence). Le séjour se passe mal. L'amoureuse écorchée ne supporte pas l'atmosphère de futilité qui règne autour d'elle et dans laquelle on cherche à l'entraîner. Elle a des mots cruels contre ses hôtes, « des gens qui rient pour rien et pour se cacher le désespoir de leur vie ratée ». Surtout, la montagne et le ski lui rappellent douloureusement « les neiges de mars 1968 » avec Christian et les autres élèves. « Tant de splendeur. La neige et le soleil, un ciel si bleu. Jamais, et pourtant il m'est familier, je n'ai eu à ce point le sentiment d'exil », écrit-elle à Anne.

Pendant ce temps, le juge Palanque achève son instruction. Des dizaines de dossiers autrement plus lourds que cette petite affaire sentimentale l'attendent sur son bureau. Il a hâte de passer à autre chose. Aux journalistes du *Provençal*, du *Méridional* et de *La Marseillaise* qui ont eu vent de l'histoire de cette professeure et qui l'interrogent, il recommande la discrétion. « Si vous dévoilez cette affaire, elle risque de perdre sa situation », leur dit-il. D'autant que les choses semblent enfin s'arranger. Christian Grisoli, l'avocat de Mario et Marguerite Rossi, est venu annoncer au juge que les relations entre Christian et ses parents se sont apaisées et qu'ils n'entendent plus donner de suite judiciaire à cette affaire. Elle leur pèse. Si, au lycée Nord, la très grande majorité des profs partagent leur indignation et blâment la relation amoureuse entre Gabrielle et son élève, qui, disent-ils, entache la réputation de leur établissement, il n'en va pas de même à la faculté d'Aix, où enseignent Mario et Marguerite Rossi. Plusieurs de leurs collègues se sont détournés d'eux, jugeant incompréhensible leur attitude alors que, quelques mois plus tôt, Mario Rossi soutenait publiquement la révolte des étudiants et leurs revendications de liberté.

Le juge songe à rendre un non-lieu et en informe le procureur. Impossible, lui répond-on. Les faits de détournement de mineur sont constitués, le parquet général fera forcément appel. Bernard Palanque plie face à l'intransigeance du procureur. À son retour de Pra-Loup, Gabrielle apprend par un courrier de son avocat, Me Raymond Guy, qu'elle sera renvoyée devant le tribunal correctionnel. « Toutefois, j'ai bon espoir sur l'issue du procès », lui écrit-il. Raymond Guy a de bonnes raisons d'être confiant. Pour l'instant, la presse est mutique, ce conflit de vie privée entre une professeure et les parents universitaires de son jeune amant n'intéresse guère, la notoriété locale des plaignants incite de surcroît les journaux à la discrétion. L'audience se tiendra forcément à huis clos du fait de la minorité de Christian, tout devrait s'arranger entre gens de bonne volonté. Gabrielle a toute confiance en cet avocat qui a lui été recommandé par le célèbre pénaliste parisien Albert Naud, auquel son père avait demandé conseil. L'essentiel, lui rappelle-t-il, est de ne pas faire de vagues.

Tout bascule le 19 avril 1969. À Montpellier, Christian trompe la surveillance de sa grand-mère, lui laissant croire qu'il part faire du sport avec des copains, monte dans un train et rejoint Marseille. Le fidèle Luc est une fois de plus appelé à la rescousse pour prévenir Gabrielle et le cacher. Ses parents rechignent. « Retire-toi de cette histoire », lui intime son père. Christiane Beulaygues se fâche elle aussi, convaincue que Gabrielle a organisé la fuite de Christian. Cette femme se perd, pense-t-elle. Gabrielle sent bien que la défiance s'installe autour d'elle. « Ça fait mal, mais ça passe », écrit-elle. Elle a revu Christian quelques heures. Il est prêt à tout, il fera des petits boulots, s'engagera dans la marine s'il le faut pour être émancipé à 18 ans et vivre avec elle. Après quatre ans de procédure, son divorce vient d'être définitivement prononcé, elle a repris son nom de jeune fille, Russier, elle est libre. Mais en fuguant, Christian a signé la perte de son amante. Gabrielle le sait.

Quand les policiers se présentent à son domicile, le 24 avril, avec un mandat d'amener signé du juge Palanque, elle a tout préparé. Dans la crainte d'une nouvelle perquisition, elle a trié ses papiers, ses photos, ses lettres, et les a confiés à des amis. À Michel, son ex-mari, elle a demandé de s'occuper de Valérie, elle ne veut pas que sa fille apprenne son arrestation. Elle a en revanche tout expliqué à Joël, dont Josephina, sa femme de ménage, a promis de s'occuper. Sa valise est prête. L'interrogatoire dans le bureau du juge Palanque est bref. Il l'informe de sa nouvelle inculpation pour détournement de mineur, lui demande où se trouve Christian ; elle assure l'ignorer, il ne la croit pas. Gabrielle Russier est conduite jusqu'à la cellule numéro 13 au rez-de-chaussée du quartier des femmes de la prison des Baumettes.

La prisonnière

Dans sa cellule, Gabrielle Russier s'accroche aux mots qu'elle trace sur le papier pour essayer d'ignorer le vacarme amoureux de ses deux codétenues.

Avec la lecture, l'écriture est sa seule vraie compagne de détention. Elle l'ignore encore mais celle-ci va durer cinquante jours. Alors Gabrielle écrit beaucoup, tout le temps. À Albert, son ami de fac, elle demande des enveloppes timbrées et des « feutres de toutes les couleurs » – elle précise la marque « Baignol et Farjon, ils ne sèchent pas » – et un cahier à spirale. « Regarde les arbres à ma place, dis bonjour au soleil couchant. Chloé ne le laissera pas étouffer par le nénuphar et vive Boris Vian. » Elle compte sur sa voisine et collègue du lycée Nord, Gilberte Thouvenot, pour lui adresser un colis avec « du désodorisant, du shampoing sec, un gros crochet, de la laine, et ma blouse de Nylon pour travailler ». Elle la charge aussi de l'excuser auprès du garagiste, qui va devoir garder sa Dyane plus longtemps que prévu, de saluer le droguiste – « C'est ici qu'il serait utile pour déboucher les lavabos et desceller les lits » –, de lui avancer le loyer de son appartement et surtout de donner de ses nouvelles à Josephina, sa femme de ménage, qui ne lit pas le français et garde son fils Joël.

Les premiers temps, Gabrielle s'efforce surtout de rassurer ses amis. Elle plaisante sur les lits superposés, « parfaits pour les exercices de trapèze et les abdominaux », et la nourriture de « l'Hostellerie des Baumettes qui n'est guère plus mauvaise que celle de la cantine ». « Les arbres sont mortellement beaux et j'ai, dans un verre, une rose née et vivante en prison », raconte-t-elle à Albert. Elle veut encore espérer que sa détention fera céder les parents de Christian. Si c'est le prix à payer pour qu'ils mesurent l'irréductibilité de son amour pour leur fils, elle l'accepte. Dans la lettre qu'elle adresse à l'une de ses anciennes élèves, Claudette, elle en glisse une autre, à l'intention de son jeune amant, qui se cache à Marseille. «Je te l'ai dit, je te l'ai écrit, je ne te quitterai pas. Même si ces barreaux, ces murs, l'espace nous séparent. Même si la mort nous séparait. Si je reste ici, j'écrirai une histoire, notre histoire, pour te parler, pour lutter contre la tentation d'abandonner peu à peu l'énergie de vivre, de sourire. Je te souris.»

La compréhension que manifeste à son égard la religieuse dominicaine sœur Marie-Dominique de La Trinité l'apaise, tout comme ses rencontres avec l'aumônier des Baumettes, qui lui a dit qu'elle lui faisait penser à la Jeanne d'Arc du film de Carl Dreyer. Elle se joint à la chorale lors des célébrations, obtient de travailler à la bibliothèque de la prison. Elle y entraîne dès qu'elle peut la jeune toxicomane de 18 ans, surnommée Satan, qu'elle a prise en affection depuis leur rencontre dans la cour de promenade. Auprès de la « petite hippie tout à fait drôle » qu'elle décrit à Gilberte, elle retrouve son rôle de professeure pas comme les autres, de confidente. Elle rêve de la sauver ; elle convainc le directeur et le médecin de la prison de les mettre ensemble en cellule. Quand Satan tremble de tous ses membres dans l'attente de l'infirmière et de la piqûre de morphine qui calme provisoirement son manque d'héroïne, Gabrielle la berce en la couvrant de son poncho noir.

À la mi-mai, la jeune fille est remise en liberté, emportant avec elle un paquet de mots griffonnés signés de Gabrielle. « La vie essaie de nous démolir, mais on est fort quand on croit à quelque chose. Il y a un an que je marche main dans la main avec des copains, que nous survivons pour des fleurs futures, pour un monde que nous avons eu le temps de connaître en mai et qu'on nous a enlevé presque aussitôt après. Parce que j'ai connu ce monde, je crois aux instants où l'étincelle passe. Et ces instants valent tout. »

Après le départ de Satan, Gabrielle obtient d'être placée dans une autre cellule, seule. « La fille que je remplace a laissé des petits objets en pensant à celle qui viendrait. Des riens, des boîtes de couleurs, un bouquet de buis, un peu de lessive dans un pot. C'est la première fois que je vois une solidarité vraie entre détenues – vraie et gratuite. Et puis rien = tout, ici », écrit-elle à Albert. Elle lessive les murs avec des moyens de fortune, les décore avec une carte de Claudette, un dessin de Luc, lit et relit Baudelaire et Rimbaud. « Jamais je n'arriverai à te dire comme ils sont vrais. Surtout Baudelaire », confie-t-elle à son ami. Mais au fil des jours, son courage l'abandonne.

La vulgarité des détenues l'écœure. « Ici tout est suspect, et surtout le fait de n'avoir rien fait. Parce que je ne dis rien, elles me prêtent des horreurs de tout genre, qui ne les choquent pas mais les ravissent, elles sont si habituées aux horreurs qu'elles en mettent partout. J'essaie de me rouler en boule, de ne rien voir, de ne rien entendre. »

L'agrégée de lettres modernes, fille unique d'un avocat parisien et d'une Américaine mormone et pianiste, redoute de ne jamais pouvoir oublier « la déchéance, l'avilissement, l'obscénité » qui l'entourent. À Gilberte, elle fait promettre de rappeler aux autres, dehors, « que je n'étais pas comme cela, que je respectais les êtres, que j'aimais la droiture et la lucidité et que rien n'était louche. Tout ce que j'aimais a été abîmé, sali ». Parfois, elle se surprend à envier ses codétenues, « qui savent pourquoi elles sont là, tandis que j'ai l'impression de vivre du Kafka ».

À ses amis, à son avocat, Gabrielle avait demandé d'épargner ses parents en leur cachant sa nouvelle détention. Mais celle-ci se prolonge, elle ne peut plus se taire. « Je ne regrette rien, sinon d'avoir entraîné beaucoup de gens dans ce qui apparaît aujourd'hui comme un désastre. Dites-moi que vous savez "qu'on ne voit bien qu'avec le cœur". Dites-moi que vous n'êtes pas trop tristes », les supplie-t-elle. Le 27 mai, elle prend de nouveau la plume : « Je suis ici entourée de gens qui ont, pour la plupart, gâché leur vie pour de l'argent. Peut-être m'avez-vous trop bien appris que l'argent n'avait aucune importance par rapport aux vraies valeurs. Peut-être qu'on ne voudra jamais me croire, mais l'essentiel est de porter la vérité en soi. Elle était, elle est si simple. Tellement simple que personne ne la voit. Comme toutes les choses belles et simples.»

Trois jours plus tôt, le 24 mai, sa demande de remise en liberté a été rejetée alors que Christian s'est résolu à renouer avec sa famille. «Attendu que les faits reprochés à dame Russier sont graves. Que la détention est nécessaire à la manifestation de la vérité, tant il est vrai qu'elle n'a jamais reconnu que les faits dont les preuves étaient rapportées malgré ses dénégations antérieures. Que cette détention est également nécessaire pour assurer la sécurité physique d'un mineur en butte aux entreprises de cette prévenue», indique l'arrêt de la chambre d'instruction de la cour d'appel d'Aix-en-Provence. Gabrielle crie son désespoir à Albert: «On me retient ici pour des motifs que je ne comprends pas, qui n'ont rien à voir avec la réalité et je n'en peux plus de ne pas comprendre. Albert, je suis à bout de forces parce qu'on m'accable trop, je ne sais plus où sont le juste et le vrai à force d'être imprégnée de l'atmosphère d'ici. L'attentat contre la vie est en train d'aboutir lentement, insidieusement.»

Les idées noires l'assaillent. «Je regrette à présent de n'avoir pas fait ce qui me tentait tellement quand je suis allée à Aix : franchir cette barrière, je ne sais même plus comment elle s'appelle, qu'il y a au milieu de l'autoroute. Je ne peux plus être forte, ni patiente, parce que je n'ai plus de raisons de l'être.» Elle s'inquiète pour ses jumeaux. Surtout pour Valérie, qui séjourne dans une colonie tenue par des religieuses, en Savoie, et ignore tout de la situation de sa mère. Elle a obtenu de l'administration pénitentiaire que le tampon «censure» ne figure pas sur les lettres qu'elle lui adresse et dans lesquelles elle parle de la pluie et du beau temps.

Gabrielle écrit aussi à Michel, son ex-mari. Après des années de tumulte, le couple a pacifié ses relations. Elle sait pouvoir compter sur lui dans les moments difficiles. « Si tout ceci m'usait trop, si je ne retrouvais jamais mon sourire d'avant, je t'en prie, aide Joël et Valérie à grandir, à être forts. Veille sur eux comme tu pourras. Tu sais bien que je m'en veux de ne pouvoir le faire moi-même. » À Gilberte, elle lance le même cri de détresse le 30 mai. « J'ai peur pour les enfants. J'ai si peur. Ils n'avaient que moi, ils étaient habitués à me savoir là, toujours fidèlement, même triste, même désemparée. Protégez-les. Aidez-moi, je suis épuisée. »

Révoltée par le sort réservé à sa collègue, Gilberte Thouvenot veut mobiliser leur syndicat enseignant. L'avocat de Gabrielle, Me Raymond Guy, comme son père, René Russier, l'en dissuadent. Mieux vaut ne pas faire de scandale et patienter, patienter encore.

D'autant que le pays tout entier a les yeux rivés sur la campagne présidentielle qui s'est ouverte après l'annonce fracassante du départ du général de Gaulle, le 28 avril, et sur les manifestations de colère des petits commerçants et artisans. Qui, à part la poignée de ses proches, se soucierait de la professeure amoureuse ?

Le 13 juin en fin d'après-midi, quand les portes de la prison des Baumettes s'ouvrent, Albert Roux a du mal à reconnaître son amie dans la silhouette amaigrie, chancelante, qui s'avance vers lui. « Emmène-moi voir la mer », lui souffle-t-elle. Deux jours plus tard, la France élit Georges Pompidou à la présidence de la Ve République.

La date du procès approche. Il a été fixé au 10 juillet. L'enjeu est considérable pour Gabrielle Russier. Si elle est condamnée, elle ne pourra plus exercer son métier d'enseignante. Son ami universitaire, Raymond Jean, qui connaît de longue date Christian Grisoli, l'avocat des parents Rossi, décide d'intervenir. Il propose à l'avocat de rencontrer discrètement Gabrielle Russier, espérant ainsi le convaincre qu'elle n'est pas la ravisseuse ni la mangeuse d'enfant que lui décrivent ses clients. Le soir du 23 juin, Raymond Jean et Gabrielle Russier sont reçus dans la pénombre du cabinet de Me Grisoli. Entre l'avocat communiste, élu au conseil municipal de Marseille, et la professeure agrégée, l'échange est courtois. Me Grisoli ne s'acharnera pas contre elle. Il pleut à verse quand Raymond Jean raccompagne Gabrielle jusqu'à l'entrée de la résidence Nord. Il lui souhaite bon courage pour son procès, lui promet de prendre des nouvelles depuis le Canada, où il doit s'envoler pour un long séjour. Avant de partir, il a été témoin, lors d'un conseil restreint, que l'université d'Aix-en-Provence a rejeté par onze voix contre neuf la candidature de Gabrielle au poste d'assistante à la faculté des lettres. Marguerite Rossi, la mère de Christian, a mis tout son poids dans la balance auprès de ses collègues pour qu'elle soit écartée.

Pour distraire son ancienne professeure de français, qui tourne en rond chez elle, Claudette lui propose d'aller jusqu'à Saint-Paul-de-Vence voir l'exposition Calder, à la Fondation Maeght. Gabrielle est émerveillée par les mobiles, elle trouve la force de plaisanter, Claudette est fière de lui avoir offert ce moment de répit. Le 10 juillet, lui dit-elle, elle sera au palais de justice à ses côtés. Une idée a germé dans la tête de Gabrielle. Si les juges voient Christian avec sa barbe et ses cheveux longs, ils comprendront. Ils auront devant eux un homme et pas un gamin. « Ils veulent ma peau. Ils veulent me faire passer pour folle. Il n'y a que lui maintenant qui puisse faire quelque chose : en étant ferme, solide », écrit-elle à Claudette. « Essaie de lui faire mettre une cravate », ajoute-t-elle.

Gilberte Thouvenot monte chaque jour au onzième étage de la résidence Nord pour s'assurer que Gabrielle se nourrit correctement, qu'elle ne laisse pas l'angoisse la dévorer. Avec Albert, elle écrit à son père, l'avocat René Russier. Sa fille a besoin de lui, sa présence à ses côtés serait un réconfort, lui disent-ils. Il ne peut pas quitter son épouse, clouée dans son fauteuil par la maladie, répond-il.

Un matin de juillet, Gilberte emmène son amie faire les boutiques, à Aix, pour l'aider à choisir une tenue en vue de l'audience. Rien ne lui plaît, les deux femmes reviennent bredouilles. De sa penderie, Gabrielle sort alors sa petite robe bleue à pois blancs, celle qu'elle portait le jour où elle a réussi l'agrégation, celle aussi avec laquelle elle s'était présentée pour la première fois, en septembre 1967, devant ses élèves de seconde C.

Le procès a été annoncé dans *La Marseillaise.* Un court article publié en bas de page le 1er juillet. Dans les jours qui suivent, le correspondant de *France-Soir* à Marseille, Roger Colombani, et son confrère Jo Lapolla, de *Paris Jour,* évoquent à leur tour, en quelques lignes, la comparution à venir d'une professeure qui a entretenu une relation amoureuse avec l'un de ses élèves. Mais en arrivant au tribunal de Marseille dans sa petite robe bleue, accompagnée de Gilberte, Gabrielle découvre, affolée, la présence de très nombreux journalistes et photographes. Alors qu'elle monte les marches, une femme l'insulte. « Salope ! » crie-t-elle. Claudette et Christian sont là, eux aussi. Cachés dans un recoin du palais pour ne pas être découverts par Mario et Marguerite Rossi, ils guettent le moment où ils vont pouvoir se faufiler dans la salle.

Le président Trousselot, dont c'est la dernière affaire avant la retraite, déclare l'audience ouverte et annonce aussitôt qu'elle se tiendra à huis clos. Le « coup » espéré par Gabrielle a échoué. Christian reste dehors. Le président résume les charges qui pèsent sur la prévenue, le rôle qu'elle a joué dans les fugues de son jeune amant, ses mensonges devant le juge d'instruction. Il évoque le contexte de Mai 68, lit les témoignages recueillis pendant l'enquête sur la professeure, parmi lesquels figurent deux lettres accusatrices de parents d'élèves. Gabrielle tremble. À la suspension d'audience, elle rejoint en larmes Gilberte Thouvenot.

Le substitut, Jean Testut, qui s'apprête à demander la condamnation de Gabrielle Russier, a la réputation au palais d'être un homme diplomate et plutôt pondéré. Fils d'universitaire, ancien avocat, le magistrat adresse ses premiers mots à la prévenue. «Je reconnais que vous êtes un professeur exceptionnel, un professeur dont on se souvient. J'ai trop connu, dans ma jeunesse, des professeurs insignifiants et ennuyeux pour ne pas vous rendre hommage.» Mais à l'intention du tribunal il rappelle que les professeurs, comme tous les fonctionnaires d'autorité, sont tenus à la réserve. Cette distance nécessaire, Gabrielle Russier ne l'a pas respectée, pis, elle a bafoué l'autorité parentale, poursuit le procureur. Conformément aux instructions qu'il a reçues du procureur général, Marcel Caleb, Jean Testut requiert à son encontre treize mois d'emprisonnement.

Le message envoyé aux juges est clair. Le casier judiciaire de Gabrielle Russier doit comporter la mention d'une condamnation qui permettra d'engager contre elle une action disciplinaire et de l'écarter de son poste d'enseignante. Treize mois, c'est surtout la peine qui l'exclura d'office du bénéfice de la loi d'amnistie en cours de préparation au Parlement, à la suite de l'élection présidentielle du 15 juin. Le président Trousselot annonce que le jugement sera rendu le lendemain matin. Claudette a réussi à se faufiler jusqu'à Gabrielle à la sortie du tribunal. Elle lui glisse à l'oreille que Christian l'attend, caché dans un coin du parc Borély.

Gilberte proteste, c'est une folie, dit-elle, mais l'amoureuse la supplie de l'y conduire et de l'attendre. Elle veut seulement revoir son amant quelques minutes.

Au moment où les trois magistrats se retirent pour délibérer, Georges Pompidou donne sa première conférence de presse dans les salons de l'Élysée, à Paris, où il est notamment interrogé sur la révolte de la jeunesse qui s'est exprimée en Mai 68. « Quant à la comprendre, la jeunesse, je crois que l'essentiel, au fond, c'est de l'aimer, c'est-à-dire de rester jeune. Par conséquent, je crois que le meilleur moyen d'être compris d'elle, c'est de lui faire sentir qu'on l'aime, qu'on est prêt à l'aider, mais qu'on attend d'elle qu'elle ait le sens de ses devoirs », déclare le nouveau président de la République.

Le vendredi 11 juillet, pour éviter une nouvelle confrontation de sa cliente avec la presse, Me Raymond Guy vient seul au palais s'enquérir de la décision du tribunal. « Attendu que la prévenue, âgée de 31 ans [...] avait la charge d'une classe mixte de seconde au lycée Nord de Marseille. Que quelques jeunes gens et jeunes filles de cette classe prirent l'habitude de se réunir autour de leur professeur qui les invita à venir de plus en plus fréquemment à son domicile. Qu'il semble que ces réunions aient entraîné une certaine détérioration entre certains de ces jeunes gens et leurs parents et que cette influence regrettable s'est trouvée aggravée par les événements des mois de mai et juin 1968. Que parmi ces jeunes gens se trouvait l'élève Rossi Christian, âgé de 16 ans, dont les parents s'aperçurent que les rapports qui existaient entre leur fils et la prévenue n'étaient plus ceux de professeur à élève... »

Suit le rappel de leurs voyages secrets en Italie et en Allemagne, des tentatives d'éloignement faites par les parents, des fugues multiples de Christian, du « harcèlement » épistolaire auquel, selon les juges, s'est livrée la professeure à son égard et de l'atteinte qu'elle a ainsi portée à leur autorité. « Il est manifeste que la prévenue a abusé de l'ascendant qu'elle a pris sur ce jeune homme et l'a perturbé, par son obstination, au point de compromettre son avenir. » Pour toutes ces raisons, concluent les juges, il convient d'infliger « une peine sévère ». Gabrielle Russier est condamnée à douze mois d'emprisonnement avec sursis, 1 500 francs d'amende et 1 franc symbolique de dommages et intérêts à Mario et Marguerite Rossi.

Raymond Guy est soulagé. Les mots sont durs, mais la peine est amnistiable. Son confrère Grisoli est lui aussi satisfait. « Pour nous, partie civile, l'affaire est terminée. Nous ne voulions pas plus », dit-il. Gabrielle adresse aussitôt un télégramme à son avocat – « Merci. Vive le soleil. Antigone » – et une carte postale à son fils Joël, au dos de laquelle elle a scotché un trèfle à quatre feuilles. « J'ai gagné ! » écrit-elle.

L'après-midi du 11 juillet, sur ordre de son supérieur hiérarchique, Marcel Caleb, le procureur Testut fait appel du jugement.

La condamnée

Ce dimanche 20 juillet 1969,

Gabrielle Russier pousse

le portail d'une vieille

bâtisse de briques rouges,

La Recouvrance, à Boulin,

près de Tarbes.

La jeune professeure de français a quitté Marseille en train pour rejoindre ce centre psychothérapeutique installé au pied des Pyrénées. Dans quelques heures, deux hommes vont marcher sur la Lune. Alors que le monde entier a les yeux rivés sur la mission Apollo 11, elle tourne et retourne dans sa tête les événements des dernières semaines, et l'appel. « C'est maintenant les représentants de la société qui m'en veulent », confie-t-elle à un ami. « Il n'y a plus d'avenir », écrit-elle à un autre.

Dans ce coin de campagne pluvieux, tout ce qu'elle a voulu fuir ne tarde pas à la rattraper. Sa fidèle femme de ménage, Josephina, réexpédie à La Recouvrance les courriers qui s'entassent dans sa boîte aux lettres. Des lettres d'inconnus, pour la plupart émus par cette affaire qu'ils ont découverte dans les journaux. Certains ont lu ce court billet signé de Jean-Marie Rouart, publié le 17 juillet à la une du *Figaro* : « Cela commence avec un soupçon de mélancolie comme un roman de Stendhal ou de Balzac. Une femme mûre aime un jeune homme. Elle a 30 ans. Du temps de Balzac, elle ne pourrait plus prétendre à grand-chose. Aujourd'hui, l'âge l'a à peine effleurée. Elle est professeure de lettres. Pour un collégien rêveur, c'est la Sanseverina [...] Un jour, c'est le mois de mai, tout le monde est ivre. L'univers raisonnable n'est plus qu'un souvenir. Ils lancent ce dernier pavé sur le monde des adultes. Ils s'aiment, il n'a que 17 ans [...] Est-ce le nouveau roman de Christiane Rochefort, la version hollywoodienne de *Phèdre* ou de *Chatterton* ? Non. C'est simplement une histoire vraie. Il n'y manque que la fin. Dans un livre, l'auteur l'eût faite différente. "Jugée à huis clos par le tribunal de Marseille, Madame X. a été condamnée à un an avec sursis." La vie ne sait pas terminer les histoires en beauté. »

D'autres lecteurs ont frémi à la lecture de ce long article signé François Caviglioli et publié dans *Le Nouvel Observateur*, le 21 juillet. « La méchanceté humaine n'a pas de province, n'est d'aucun parti, qui pousse partout, chez les universitaires éclairés comme chez les concierges affamées de scandale », écrit le journaliste en s'en prenant au père de Christian Rossi, « cet universitaire qui avait campé, en état d'insurrection, dans les murs sur lesquels on lisait : "Plus je fais l'amour, plus je fais la révolution." Mais la révolution sexuelle s'arrête à la porte du domicile familial. Pas un enfant ne doit manquer à l'appel, autour de la soupière qui fume sous la suspension ».

Gabrielle redoute cette soudaine publicité. « Mon histoire fait gamberger tout le monde. Il faut la réduire, la démythifier. Ne parler de rien, être calme. Ne pas tomber dans le piège que tous me tendent en voulant m'aider : les idées de gauche, la philo, la psychanalyse, les idées de droite, le divorce, etc. », écrit-elle à son ex-mari, Michel Nogues, fin juillet 1969. Pour l'heure, elle est surtout préoccupée par ses enfants. Valérie qui ignore tout. Joël qui sait. « Je ne sais pas comment ce gosse réussit à être si fort. J'ai peur qu'il ne craque », confie-t-elle à Michel.

Les difficultés matérielles ajoutent à son tourment. Juste avant de quitter Marseille, elle a appris, par un courrier du 15 juillet signé du recteur Claude Franck, que l'Éducation nationale exigeait d'elle le remboursement des deux mois de traitement perçus pendant son séjour en détention. Au rendez-vous qu'elle lui a demandé, il a opposé en quatre lignes glaciales une fin de non-recevoir. « Il n'y a plus de moralité en France, il faut que cette affaire serve d'exemple », avait glissé ce même recteur à l'oreille du procureur général Marcel Caleb, en le croisant aux cérémonies du 14-Juillet, à Aix-en-Provence. Neuf jours plus tard, Gabrielle écrit à son amie et collègue du lycée Nord, Gilberte : « J'essaie de me reposer mais je vis dans l'angoisse : plus de traitement très bientôt, peu d'économies, il faudra que je liquide l'appartement, que je me fasse héberger quelque part, que je mette les gosses à l'assistance, que je me soigne en attendant de trouver du boulot. Je ne dramatise pas, c'est la situation qui est dramatique. Ici, je compte les timbres, je vis avec rien… au milieu de gens fortunés. »

Au mois d'août, ses proches s'étonnent de ne plus recevoir de nouvelles. Submergée par les soucis, Gabrielle a craqué et a avalé des barbituriques. À l'hôpital de Tarbes, où elle a été transférée, les médecins ont décidé de la plonger pendant neuf jours dans une cure de sommeil. Lorsqu'elle retrouve enfin sa chambre à La Recouvrance, le psychiatre se veut rassurant. Elle va reprendre des forces d'ici au procès en appel, le pire est derrière elle, lui dit-il. Gabrielle s'accroche à cet espoir. L'audience ne devrait pas se tenir avant le 15 septembre. Son père a demandé à son célèbre confrère Albert Naud d'assurer en personne sa défense devant la cour d'appel. Et puis, il y a les lettres de Christian qui lui font du bien. Pour gagner trois sous, il travaille dans une entreprise de nettoyage de 4 heures du matin à 4 heures de l'après-midi. En fin de journée, il rejoint souvent la professeure du lycée Nord, Christiane Beulaygues. Épouse sans enfants d'un homme d'affaires aisé, celle-ci a longtemps soutenu Gabrielle avant de prendre ses distances, irritée par son obstination amoureuse. Mais elle veille sur le grand adolescent qu'elle voudrait protéger de la tempête familiale et judiciaire que son histoire d'amour a suscitée.

Pendant ce temps, à Saint-Germain-de-Calberte, dans la ferme des Cévennes qui leur tient lieu de résidence secondaire, les parents de Christian reçoivent, comme chaque été, leurs amis. Des intellectuels, des collègues universitaires, des militants, qui, comme eux, sont plus ou moins en rupture avec la ligne orthodoxe du Parti communiste. De l'affaire Russier, Marguerite Rossi ne dit mot. Son époux, Mario, est plus disert, plus visiblement affecté, surtout par l'incompréhension qu'il sent autour de lui. Son ami Jo Ross, qui travaille comme éducateur, lui fait part de sa gêne et estime qu'ils sont allés trop loin en poursuivant la professeure devant la justice, Mario Rossi tente de se justifier. C'était son « devoir de père de protéger [son] fils », lui dit-il.

À la fin du mois d'août, Gabrielle reprend la plume pour annoncer à ses proches qu'elle va rentrer à Marseille. Sa tante Suzanne, la sœur de son père, lui a promis de la rejoindre le 4 septembre pour l'accompagner jusqu'à la date du procès et préparer la rentrée scolaire des jumeaux. Avec son ex-mari, Gabrielle organise leur retour de colonie de vacances. « Je suis contente pour Valérie qui m'a envoyé une très bonne lettre. Je vais essayer de faire bonne figure, même si je ne les prends pas tout de suite avec moi, afin qu'ils ne soient pas trop "choqués". J'ai l'air d'un macchabée ambulant », écrit-elle. Dans ce dernier courrier envoyé de La Recouvrance le 29 août, elle remercie surtout Michel du soutien qu'il lui apporte. « Tout ce que tu me dis est bien et raisonnable et encourageant. Je t'embrasse, en te disant à bientôt, et en souhaitant que tout ceci s'apaise et que tu n'aies pas eu tort d'avoir confiance en moi.»

Le samedi 30 août, Gabrielle prend le train pour Marseille. Elle a eu le temps de glisser un message à Claudette: «Je voudrais voir le métèque [le surnom qu'elle donne à Christian]. Il me semble que c'est ma dernière chance de m'en sortir.» Mais elle n'a pas indiqué son heure d'arrivée et personne ne l'attend à sa descente sur le quai, gare Saint-Charles.

Gabrielle rentre chez elle, fait quelques courses, n'ouvre pas sa valise. Le dimanche après-midi, Claudette vient sonner à sa porte. En sortant de l'ascenseur, elle sourit à la vue du croquis de chat que Christian avait tracé un jour sur le mur avec ce mot «*gatito*» (chaton), le surnom qu'ils donnaient à Gabrielle. Claudette se réjouit de l'inviter le lendemain soir chez ses parents. Elle ne sait pas encore si elle va lui dire que la même invitation a été transmise à Christian ou si elle lui réserve la surprise. Au onzième étage de la résidence Nord, personne ne répond. Claudette repart, déçue ; elle reviendra le lendemain, se dit-elle.

Ce même dimanche 31 août, Michel Rios, étudiant en première année à la fac de pharmacie de Marseille-La Timone, pousse la porte vitrée du hall de la résidence Nord où il habite depuis quelques mois avec ses parents. Il est 19 h 30, il se dépêche car son père lui a suffisamment répété qu'il ne devait pas se contenter de mettre les pieds sous la table et le dîner familial se tient, comme chaque soir, à 20 heures précises. Une femme lui tourne le dos devant les boîtes aux lettres, elle semble plongée dans la lecture d'un courrier. Lorsqu'elle rejoint l'ascenseur, il reconnaît sa voisine de palier, Gabrielle Russier. Le jeune homme de 19 ans qui en paraît 16 baisse les yeux, gêné. Comme tout le monde dans la résidence, il sait que la professeure a été condamnée pour « détournement de mineur ». Les onze étages lui semblent interminables, il s'efface pour la laisser sortir en premier sans lui adresser un mot.

Le lendemain matin, vers 10 heures, Michel Rios va rejoindre un de ses amis de la résidence, au huitième étage. En franchissant les portes battantes qui relient les deux parties de la tour, il perçoit un sifflement inhabituel, pense à une canalisation d'eau. Lorsqu'il reprend le même chemin pour rentrer chez lui en début d'après-midi, le sifflement est toujours là. Michel prévient sa mère. L'un et l'autre perçoivent une odeur de gaz. Plus ils s'approchent de la porte de leur voisine, plus cette odeur devient forte. Collette Rios envoie son fils appeler les pompiers depuis la cabine téléphonique installée dans la petite galerie commerciale au pied de la résidence et lui demande de foncer ensuite prévenir le gardien, logé dans la tour voisine.

Les deux hommes remontent ensemble. Collette Rios retient le bras du gardien à l'instant où il s'apprête à appuyer sur la sonnette de l'appartement. Quelques minutes plus tard, les pompiers, descendus par une échelle depuis le douzième étage, brisent la porte-fenêtre du balcon pour pénétrer chez la professeure. Gabrielle est allongée sur son lit, vêtue d'une robe de chambre bleu ciel. Toutes les issues de l'appartement ont été calfeutrées à l'aide de vieux journaux et de vêtements. Elle a avalé le contenu d'une boîte de médicaments, pensé à couper l'électricité avant de débrancher le tuyau de gaz et de l'orienter vers sa chambre. « On aurait dit qu'elle dormait », dit Collette à son fils Michel. Au jeune homme décomposé qui ne se pardonne pas de ne pas avoir réagi, dès le matin, quand il a perçu l'étrange sifflement chez la voisine, le pompier répond : « Rassurez-vous. C'était déjà trop tard. Elle est probablement décédée vers 4 ou 5 heures du matin. »

Deux verres sont restés sur la table du salon. Deux tasses sales sont posées près de l'évier de la cuisine. Gabrielle avait-elle reçu une visite ? Les enquêteurs arrivés sur place ne cherchent pas à en savoir davantage. Personne ne vient se signaler.

En garant son Solex au pied de la résidence, Claudette découvre un inquiétant va-et-vient de pompiers et de policiers. Là-haut, au onzième étage, la porte de l'appartement de Gabrielle est grande ouverte, un agent lui bloque le passage.

« Vous la connaissez ?
– Oui.
– Elle s'est suicidée. »

Il lui demande sa carte d'identité, note son nom et la prie de se présenter dès le lendemain au commissariat de son quartier.

Claudette rentre chez elle, ses parents l'entourent. Ils guettent ensemble le coup de sonnette qui va leur annoncer l'arrivée de Christian. La jeune fille le fait asseoir sur le canapé, prend ses mains dans les siennes et balbutie : « Chris, Gabrielle… elle est morte. » À peine a-t-elle prononcé ses mots qu'il s'enfuit. Claudette le suit dans la rue, le voit s'engouffrer dans une Austin Cooper garée quelques mètres plus loin.

La professeure Christiane Beulaygues est au volant. Christian fonce chez ses parents dans le quartier Saint-Julien, ouvre la boîte aux lettres. Rien, Gabrielle ne lui a rien laissé.

« Gabrielle est morte. » « Gabrielle s'est suicidée. » « Gabrielle a ouvert le gaz. » Partout, les mots s'envolent et frappent. À Saint-Germain-de-Calberte, dans les Cévennes, l'un des rares habitants du village à avoir le téléphone court jusqu'à la bergerie des Rossi pour leur transmettre un numéro à rappeler d'urgence. Quand il revient de chez son voisin, le père de Christian, hagard, annonce la nouvelle à son épouse et à ses hôtes. Il demande à son collègue professeur, Roger Bozzetto, de l'accompagner à Marseille, il veut voir son fils. « Je ne comprends pas, je ne comprends pas. C'est un immeuble qui nous tombe sur la tête », ne cesse-t-il de répéter tout au long de la route.

À Aix-en-Provence, Michel Nogues va aussitôt trouver Albert Roux, le fidèle ami de fac de Gabrielle. « Venez avec moi. Je n'ose pas être seul au moment de la revoir morte », lui dit-il.

Au pied de son HLM, dans les quartiers Nord de Marseille où Christian Rossi est venu la retrouver, Françoise, la si timide et fragile Françoise qui aime tant Gabrielle, reste pétrifiée, sans un mot, sans une larme. « Sors de ta torpeur et assieds-toi à table », lui lance son père à son retour.

Dans son chalet des Alpes-de-Haute-Provence, à Montclar, Yves Bosc, médecin et ami de Gabrielle, pleure et serre dans ses bras sa fille Martine, une des fidèles de la bande de seconde C.

Aux Pennes-Mirabeau, Geneviève, celle que Gabrielle surnommait Électre, aide son père à poser des tuiles sur le toit. La radio est branchée à fond sur Radio Monte Carlo. La phrase surgit au milieu du flot d'informations : « À Marseille, la professeure condamnée pour détournement de mineur s'est suicidée. »

Ces mots saisissent Max au même instant dans la cuisine de ses parents, à L'Estaque. Le plus jeune du cercle des intimes de Gabrielle refuse de croire à ce qu'il vient d'entendre. Il grimpe en courant la colline jusqu'à la résidence Nord, emprunte l'ascenseur. Au onzième étage, un policier monte la garde, des scellés ont été apposés sur la porte.

À Sartène, en Corse, l'universitaire Raymond Jean hèle le vendeur de journaux qui passe devant son hôtel en proposant *Le Provençal.* L'ancien mentor de Gabrielle à la faculté des lettres d'Aix-en-Provence s'allume une cigarette, déploie le journal, le titre lui saute à la figure : « Tragique épilogue d'un impossible roman d'amour. »

En Haute-Savoie, le juge Bernard Palanque, qui a inculpé et fait incarcérer pendant sept semaines Gabrielle Russier, achève ses vacances en famille. Il compose le numéro qu'on lui a demandé de rappeler au plus vite. Au bout du fil, un journaliste lui annonce la nouvelle et l'interroge sur ce qu'il éprouve. Il raccroche aussitôt. Son épouse et ses enfants accourent auprès de lui. « Mais pourquoi ? Mais pourquoi ? » leur souffle-t-il. Le 1er septembre était le jour de l'anniversaire du juge.

À l'arrière de la Lancia de leur père, Joël et Valérie regardent en silence s'éloigner les collines du Midi. Leurs cartables et toutes leurs affaires sont dans le coffre. La veille, un corbillard a emporté le cercueil de leur mère à Paris. Le matin du jeudi 5 septembre, le pasteur Michel Viot prend la parole devant la petite assemblée réunie au cimetière du Père-Lachaise. Il a choisi de lire les versets 18 à 21 du chapitre XXIX du prophète Esaïe. « En ce jour-là, les sourds entendront les paroles du Livre ; et délivrés de l'obscurité et des ténèbres, les yeux des aveugles verront [...] Le violent ne sera plus, le moqueur aura fini et tous ceux qui veillaient pour l'iniquité seront exterminés, ceux qui condamnaient les autres en justice, tendaient des pièges à qui défendait sa cause à la porte [...] » « Gabrielle Russier n'a pas attendu, poursuit le pasteur. Elle n'a pas pu ou pas su attendre. Ainsi la justice quand elle devient inique se transforme en instrument de torture. Qu'elle soit frauduleuse ou, ce qui était le cas pour Gabrielle Russier, inhumaine, la justice peut détruire un être. Et il est des condamnations qui, pour paraître légères à certains, n'en sont pas moins des condamnations à mort. Que ceux qui ont traîné leur prochain en justice y pensent. Quant au représentant du ministère public qui avait fait appel a minima, nous pouvons lui répondre, nous qui sommes ici ce matin, que Dieu a rejeté son appel. Dieu n'a pas voulu laisser Gabrielle Russier dans vos mains, juges humains ! Face à Dieu, vous avez perdu votre procès ! »

La porte de la petite chapelle de pierre au n° 127, dans la 26e division du cimetière du Père-Lachaise, non loin des tombes de Molière et de La Fontaine, se referme sur le cercueil. La lointaine parente qui avait fait de René Russier, le père de Gabrielle, l'héritier de cette concession perpétuelle s'appelait Rossi. Au fronton de la chapelle, leurs deux noms sont gravés : FAMILLE ROSSI-RUSSIER.

Ce même lundi 5 septembre, Christian est à Paris. Il a été tenu dans l'ignorance du jour et de l'heure des obsèques de Gabrielle. Le soir même, il écrit à ses parents : « Je suis bien arrivé. Lundi, je suis allé voir *Hair* [la comédie musicale américaine adaptée par Jacques Lanzmann au théâtre de la Porte-Saint-Martin]. Finissez bien votre séjour sans vous inquiéter. À bientôt. Bises. »

Le 11 septembre 1969, au onzième étage de la résidence Nord, les scellés ont été brisés. Un homme que Michel Rios ne connaît pas est en train de dévisser la plaque au nom de Russier apposée sur la porte. En apercevant le jeune voisin, il retourne dans l'appartement et en ressort avec quelques jouets d'enfants. « Je vous les donne, je ne veux pas les prendre », lui dit-il. C'est Michel Nogues, l'ex-époux de Gabrielle, le père des jumeaux, venu vider l'appartement.

À l'intérieur, un huissier dresse procès-verbal. « Il a été trouvé et prisé les meubles et objets suivants : dans une pièce à usage de salle de séjour, un secrétaire, 60 francs, dans ledit secrétaire, quatre billets de 100 francs, une coupure de 10 000 lires, une bibliothèque à trois éléments, 200 francs, une table basse en céramique, 60 francs, un divan, 30 francs, un fauteuil en skaï, 50 francs, un lot de bibelots, 5 francs, un électrophone, 300 francs, un lot de disques, 100 francs, une caméra Bell & Howell, 150 francs, un transistor Grundig, 180 francs, une machine à écrire, 200 francs, un lot de couverts en métal argenté, 180 francs. »

La liste se poursuit : quelques chaises, un pouf, un coffre en bois, une banquette en rotin, un légumier Christofle, un service de table incomplet, un autre de verres incomplet lui aussi, un service à café et un à thé ; un transat et une table pliante sur le balcon ; un lot de vaisselle, des torchons usagés, une table, un tabouret et une chaise en formica dans la cuisine ; deux petits lits, des pupitres d'enfant en bois blanc ; un lit double, une malle en osier, une commode quatre tiroirs, une lampe de chevet, deux descentes de lit. Une paire de skis, une montre gousset, une alliance en or. Et dans toutes les pièces, des livres, des lots de livres. Le tout est estimé à 5 219 francs.

Dans le garage, un voile de poussière recouvre les autocollants de marguerites dont Gabrielle avait décoré sa Dyane rouge en mai 68, et le « *Fatte l'amore non la guerra* » qu'elle avait rapporté de son échappée en Italie avec Christian. Sur le procès-verbal de l'huissier, le véhicule « de marque Citroën quatre portes, immatriculé 3561 DF 13 », que Gabrielle surnommait la « tortue de la liberté », est évalué à 3 700 francs.

« Il a été vaqué à tout ce que dessus depuis ladite heure de quinze jusqu'à celle de seize », note l'huissier. L'inventaire d'une vie a duré soixante minutes.

La mauvaise conscience

« Dans l'une de ses farces
tragiques, Ionesco raconte
les tourments d'un couple
aux prises avec le cadavre
d'on ne sait qui. Ce corps
encombre leur logement
et grandit d'heure en heure.

“Comment s’en débarrasser ?” Je songe à l’étroit cercueil de Gabrielle Russier. Lui aussi s’est mis à grandir de jour en jour, jusqu’à atteindre la place Vendôme et même l’Élysée. Et il me semble – comment s’en débarrasser ? – que chacun cherche à repasser à un autre cet insupportable fardeau.» La tribune, signée de l’écrivain Gilbert Cesbron, est publiée dans *Le Monde* du 6 octobre 1969.

Deux semaines plus tôt, le 22 septembre, dans la salle des fêtes de l’Élysée, où se tenait la deuxième conférence de presse de Georges Pompidou, le journaliste de Radio Monte Carlo Jean-Michel Royer s’était levé pour la dernière question : « Monsieur le président, je voudrais vous faire sortir carrément de l’épure et vous interroger sur un fait divers. À Marseille, une femme, un professeur, 32 ans, est condamnée pour détournement de mineur.

Elle se suicide. Vous-même, qu'avez-vous pensé de ce fait divers qui pose, je crois, des problèmes de fond ? »

Le silence qui suit dure dix longues secondes.

Le président a un étrange sourire, regarde à droite, puis à gauche. Appuie son menton sur ses deux mains. Semble hésiter. Ouvre la bouche. Ne dit rien. Écarte ses mains, les croise, les noue. Et répond enfin :

« Je ne vous dirai pas tout ce que j'ai pensé de cette affaire… »

Nouveau silence de cinq secondes.

« Ni même… Ce que j'ai fait… »

Passent encore cinq secondes.

« Quant à ce que j'ai ressenti… Comme beaucoup… Eh bien… »

Passent sept secondes.

«“Comprenne qui voudra,
Moi mon remords ce fut,
La victime raisonnable
Au regard d’enfant perdue,
Celle qui ressemble aux morts,
Qui sont morts pour être aimés.”
C’est de l’Éluard. Merci, mesdames et messieurs.»

Moment d’anthologie politique. Georges Pompidou a tronqué quelques vers du poème écrit en 1944 par le témoin impuissant de l’humiliation publique imposée à celles dont on tondait les cheveux à la Libération pour les punir de leurs relations avec l’ennemi allemand. Les mots d’un poète communiste, chantre de la Résistance et de la liberté, disent la compassion que le président, élu par une majorité conservatrice encore tout imprégnée de l’effroi de Mai 68, ne peut lui-même exprimer.

La réplique est millimétrée. Le journaliste, ancien membre d'un cabinet ministériel dans le gouvernement de Georges Pompidou, était convenu au préalable de cette question avec le président. Celui-ci, qui avait lui-même commencé sa carrière comme professeur de français-latin-grec dans un lycée de Marseille, ne lui avait pas caché combien il avait été choqué par le sort réservé à l'enseignante Gabrielle Russier, amoureuse de son élève de 16 ans. L'appareil judiciaire s'est comporté « comme le plus froid des monstres froids », lui avait-il confié. Mais face aux micros et aux caméras, Georges Pompidou se garde de le répéter.

L'histoire tragique de la professeure a déjà envahi les colonnes des journaux et les ondes des radios. *Paris Jour* publie sur trois pages les réactions de ses lecteurs. « Jamais un sujet n'a provoqué autant de courrier, autant de commentaires », annonce en exergue le journal. Sur RMC, le journaliste Jean-Michel Royer accueille pêle-mêle les réactions offusquées d'auditeurs lui reprochant d'avoir osé évoquer « une histoire de coucherie » dans une conférence de presse présidentielle, celles de mères de famille inquiètes de la publicité donnée à ce mauvais exemple pour « notre jeunesse innocente », les confidences d'anciens adolescents fiers d'avoir été initiés à l'amour par une maîtresse plus âgée, les témoignages de couples amoureux malgré leur différence d'âge, les colères de jeunes gens contre une société qui proclame « que, à 17 ans, on est bon pour tuer et se faire tuer, mais pas pour l'amour », celles, plus rares, de femmes qui s'indignent du sort réservé à l'une d'entre elles quand nul ne songerait à blâmer des hommes épris de leur cadette de vingt ans. Ou encore la voix cassée d'un François Mauriac octogénaire et reclus, plein d'ambivalence, aussi compassionnel pour Gabrielle Russier que critique à l'égard de Mai 68 auquel il ne pardonne pas d'avoir « détruit, abattu, le respect du professeur qui, socialement, était quand même quelque chose d'essentiel ».

À l'antenne de la deuxième chaîne, le chanteur Léo Ferré raconte avoir « fondu en larmes » en apprenant la mort de la jeune femme. Chez elle, l'actrice Simone Signoret confie ses regrets de ne pas avoir écrit à Gabrielle quand elle était détenue à la prison des Baumettes, à Marseille. « J'y ai songé pendant une matinée, mais je ne l'ai pas fait. Par peur du ridicule et de l'indiscrétion. Par peur de me donner de l'importance. Le jour où j'ai entendu à la radio qu'elle s'était suicidée, je ne me suis pas bien plu de n'avoir pas tendu la main. Ma lettre, je l'aurais faite marrante, elle serait peut-être arrivée à temps. »

La presse cherche des coupables. Les parents de Christian Rossi, qui ont porté plainte pour « enlèvement et détournement de mineur » contre Gabrielle Russier, le juge d'instruction qui l'a incarcérée, la justice qui l'a condamnée, le procureur général qui a fait appel de la peine amnistiable – un an d'emprisonnement avec sursis – prononcée par le tribunal de Marseille : tous sont accusés, à des degrés divers, d'être la cause de la détresse de l'enseignante. Dans le quotidien *L'Aurore*, Jean Laborde s'émeut d'une justice agissant comme « un grand démolisseur d'âmes ». Dans *L'Humanité Dimanche*, Martine Monod s'en prend à « l'hypocrisie » des parents de Christian, communistes en rupture de ban, « apparemment prêts à toutes les aventures du gauchisme », mais dont la réaction devant les amours de leur fils « s'inspire de la plus parfaite orthodoxie petite-bourgeoise ».

À la une du *Monde*, Robert Escarpit consacre à l'affaire Russier son billet quotidien. « Maintenant que le meurtre rituel est accompli, cette affreuse affaire va devenir un beau drame humain, lourd des tristesses de la destinée [...] Et demain, aujourd'hui peut-être, laissant le dénouement à la littérature, l'appareil judiciaire va reprendre imperturbablement son aveugle besogne, avec le concours de son bourreau borgne, l'opinion publique. » « Accusateurs, levez-vous ! » tonne Jérôme Gauthier dans *Le Canard enchaîné* en dénonçant « la bave et les crocs de vertueux crocodiles », « la noirceur d'esprit des vengeurs de la morale », « le procureur fulminant et comminatoire ». « Le suicide de Gabrielle, c'est une exécution », écrit-il.

Dans *Paris Match*, Jean Cau prend le contre-pied des éditorialistes indignés : « Gabrielle n'avait pas le droit – avec son âge et ses deux enfants – d'engager un adolescent de 16 ans dans ce qui, au bout de la course, était une impasse de malheur, d'échec et de larmes. Elle a fui dans le suicide plutôt que de briser son orgueil et la dure écorce de son égoïsme [...] Personne n'est coupable. Ce n'est qu'une lamentable histoire d'amour, de mots mal fichus et de passions diverses qui laissent derrière elles un cadavre, deux orphelins et des ruisseaux de larmes. »

Françoise Giroud fait, elle aussi, entendre une voix dissonante : « On ne se suicide pas par amour, mais faute d'amour [...] Le plus jeune des deux, si c'était elle ? » s'interroge la directrice de la rédaction de *L'Express.* « Une femme amoureuse et affectivement adulte eût rusé pour garder son amant, poursuit-elle. Une femme abritant non pas une révolte globale, donc puérile, contre la "méchanceté et la bêtise humaines", mais une véritable conscience politique, eût fortifié cette conscience, en prison, au lieu d'en sortir exténuée.»

Dans le même numéro de *L'Express*, le journaliste Jacques Derogy mène l'enquête et donne la parole au procureur Jean Testut, qui, sur ordre de son supérieur, le procureur général Marcel Caleb, a fait appel de la condamnation amnistiable de Gabrielle Russier. S'il prend soin de dire qu'«à titre personnel» il n'aurait pas interjeté appel, Jean Testut défend la position de sa hiérarchie: «Il fallait une inscription au casier judiciaire pour faciliter l'action disciplinaire et l'éloigner de son poste. Elle la méritait. Les enseignants sont tenus à une certaine réserve. Gabrielle Russier donnait au contraire le mauvais exemple en bafouant l'autorité paternelle. Si encore elle avait fait amende honorable, ou s'il s'était agi d'une coiffeuse, ou si elle avait couché avec un jeune apprenti, c'eût été différent.»

Le garde des Sceaux, René Pleven, se défend de toute intervention de la chancellerie dans l'affaire Russier. «Le procureur général d'Aix-en-Provence a agi strictement dans le cadre de ses prérogatives et, comme doit le faire tout magistrat, selon sa conscience», assure-t-il sur RTL. Interpellé quelques semaines plus tard, en novembre 1969, par une pétition signée de personnalités, parmi lesquelles les écrivains Jean Rostand et André Frossard, de l'Académie française, les prix Nobel Alfred Kastler et François Jacob, le membre de l'Institut Théodore Monod, qui demandent une enquête sur les responsabilités des uns et des autres dans le suicide de la professeure et dénoncent «la pratique abusive et, en l'espèce, scandaleuse de la détention préventive », René Pleven promet une « réforme profonde ».

Pendant ce temps, à la fac d'Aix-en-Provence, le prénom de l'enseignante est tagué partout sur les murs. « Nous vengerons Gabrielle ! » proclament les étudiants maos, qui envahissent les cours de linguistique de Mario Rossi, le père de Christian, aux cris de « Rossi assassin ! ». Parmi les militants, un jeune homme est déchiré. Michel, le frère cadet de Christian, explique à ses camarades qu'il ne se joindra pas à eux pour conspuer son père. Le chef des maos, Richard Chef, bouleversé par ce « dilemme d'Antigone », l'approuve secrètement d'« avoir choisi son père plutôt que la révolution ».

Les anciens élèves intimes de Gabrielle regardent avec autant de sidération que de chagrin l'histoire d'amour de leur professeure et de leur camarade de classe s'éloigner d'eux, enfler, gonfler et se distordre. Les polémiques politiques et médiatiques qu'elle suscite leur semblent si étrangères, si différentes de ce qu'ils ont vécu et partagé pendant quelques mois, au lycée Nord de Marseille et en dehors. Le suicide de Gabrielle a fait exploser leur cercle, chacun a repris sa route, plusieurs ont changé d'établissement. Christian, lui, a disparu. Ceux qui, en cet automne 1969, ont fait leur rentrée en terminale au lycée Nord refusent, pour la plupart, de s'enrôler dans l'éphémère Comité Gabrielle Russier, créé par la Gauche prolétarienne. Ils laissent la « cause » aux militants et gardent leurs souvenirs.

Le seul auquel quelques-uns d'entre eux acceptent de se livrer est l'écrivain Michel Del Castillo, qui s'est installé pendant trois mois dans un appartement de Marseille pour enquêter sur

Gabrielle. Son livre, *Les Écrous de la haine*, publié en octobre 1970 aux éditions Julliard, leur est dédié. Quelques mois plus tôt, l'écrivain et ancien mentor de Gabrielle Russier à la faculté d'Aix-en-Provence, Raymond Jean, a préfacé les *Lettres de prison* (Seuil) de Gabrielle que lui a confiées Gilberte, sa collègue enseignante et infatigable soutien, Albert, son fidèle camarade d'université, Fanchon, son amie du lycée parisien Victor-Duruy, Michel Nogues, son ex-mari, et René Russier, son père. Le professeur évoque avec tendresse l'étudiante qu'il a aimée, dont le seul tort, écrit-il, fut d'« avoir confondu la littérature et la vie » et d'avoir été, à sa manière, « l'Étrangère », comme le Meursault de Camus qu'elle aimait tant. Son hommage répond aussi à la volonté des proches de Gabrielle Russier de réhabiliter son image de femme, de mère et de professeure face au torrent de commentaires, accusateurs ou laudateurs, qui la trahissent. « Lisez ce livre », dit, sans un mot de plus, Michel Nogues à ses jumeaux, Joël et Valérie, qui entrent tout juste dans l'adolescence.

Au même moment, le cinéaste André Cayatte achève de tourner son film *Mourir d'aimer.* Le décor n'est pas celui de Marseille, mais de Rouen, les parents de Christian ne sont pas professeurs d'université mais libraires, ils ne s'appellent pas Rossi mais Le Guen, Gabrielle est rebaptisée Danielle, frileuses parades fictionnelles à la transcription d'une histoire que le réalisateur revendique au plus près de la réalité. L'écriture du scénario a été confiée à André Dumayet, avec la collaboration de l'avocat Albert Naud qui devait défendre Gabrielle Russier en appel, et sous le regard de Christian, le cinéaste ayant même songé à lui confier son propre rôle aux côtés d'Annie Girardot.

L'actrice rêvait d'interpréter la professeure amoureuse et désespérée. Le succès du film va au-delà de ses espérances. Aux yeux du pays, elle devient Gabrielle Russier. Mêmes cheveux noirs coupés court, mêmes traits aigus, même regard inquiet, traqué, son visage s'affiche à la une de *L'Express,* le 15 février 1971, sous le bandeau « Ce qui fait pleurer la France ». Dès le premier jour de sa sortie sur les écrans, le 27 janvier, le public se précipite. Du nord au sud, d'est en ouest, les files d'attente s'allongent devant les cinémas. En trois semaines, 700 000 spectateurs sortent les yeux rougis de *Mourir d'aimer*. Ils seront 6 millions quelques mois plus tard. À François Truffaut, qui accuse Cayatte de « faire les poches des cadavres encore tièdes à la façon du père Thénardier dans *Les Misérables* », le réalisateur oppose les mots de Gabrielle, dans une lettre à un proche : « Je voudrais que ce qui m'arrive serve au moins à quelque chose », et répète à qui veut l'entendre que ses parents ont dit à Annie Girardot : « Vous nous avez rendu notre fille. »

Secoué lui aussi par le drame de Gabrielle, le chanteur Charles Aznavour met sa révolte en rimes et en musique. La France fredonne avec lui : « Tandis que le monde me juge / Je ne vois pour moi qu'un refuge / Toute issue m'étant condamnée / Mourir d'aimer / Laissons le monde à ses problèmes / Les gens haineux face à eux-mêmes / Avec leurs petites idées / Mourir d'aimer / Puisque notre amour ne peut vivre / Mieux vaut en refermer le livre / Et plutôt que de le brûler / Mourir d'aimer / Tu es le printemps, moi l'automne / Ton cœur se prend, le mien se donne / Et ma route est déjà tracée / Mourir d'aimer. »

Au palais de justice de Marseille, Bernard Palanque est blessé par la caricature de juge d'instruction réactionnaire et agressif présentée dans le film de Cayatte. Celui qui a inculpé et fait incarcérer la professeure sort de sa réserve en adressant une lettre ouverte au cinéaste. « Ce n'est pas moi qui suis dans votre film. C'est un magistrat, votre magistrat, fruit de votre invention. Ce n'est pas celui qu'a connu Gabrielle Russier. »

Mario et Marguerite Rossi, eux, sont furieux du reflet cruel que le film et les livres publiés sur l'affaire leur renvoient. Aux regards gênés et réprobateurs de leurs collègues et des étudiants de la faculté d'Aix-en-Provence s'ajoutent désormais ceux de milliers de lecteurs et de spectateurs. Ils contre-attaquent devant les tribunaux. Exigent l'interdiction des *Écrous de la haine*, de Michel Del Castillo – ils n'obtiennent que la suppression de certains passages jugés diffamatoires –, puis celle des *Lettres de prison*, préfacées par Raymond

Jean, en arguant de l'atteinte à leur vie privée et à celle de leur fils mineur.

La réponse la plus violente vient de Christian. Lors du procès intenté aux *Lettres de prison*, les avocats de l'éditeur lisent à l'audience la lettre qu'il leur a adressée. « Les auteurs de cette plainte ne m'ont pas mis au courant, bien que je sache qui ils sont… » écrit le jeune homme à propos de ses parents avant de défendre un livre qui « rend à Gabrielle son vrai visage ». La sortie du film relance la guerre familiale. Là encore, Mario et Marguerite Rossi multiplient les procédures, demandent la saisie des émissions qui lui sont consacrées à la télévision. Les parents et leur fils se déchirent par médias interposés.

Dans *Paris Match*, le 27 février 1971, Mario Rossi accorde un long entretien à Jean Cau. Il accable Gabrielle Russier et son « avidité affective », et laisse surtout entendre que son fils était lassé de cette liaison épuisante. Christian réplique deux semaines plus tard dans *Le Nouvel Observateur* : « Je ne leur pardonne rien. On prend la responsabilité de ses actes. [...] Ce que je leur pardonne le moins, c'est de ne pas avoir été logiques avec eux-mêmes. Ils ont beau se défendre, j'estime que, de toute façon, ça n'allait pas dans leur ordre d'idées de faire ça, du moins dans ce qu'ils disaient être leurs idées. C'est le plus grave. »

Le journaliste Pierre Bénichou lui demande :
« Ils vous aimaient beaucoup ?
– Je n'en sais rien.
– Et vous, vous les aimez ?
– Non. »

De sa liaison avec Gabrielle, il dit : « Ce n'était pas une passion, c'était de l'amour. Les souvenirs qu'elle m'a laissés, elle me les a laissés à moi. Je n'ai pas à les raconter.»

Depuis ce jour Christian Rossi s'est tu, figé dans cette image de grand jeune homme en colère de 19 ans à la barbe aussi noire que ses cheveux longs. Dans les années qui ont suivi, les collègues universitaires de ses parents se souviennent d'avoir vu Marguerite Rossi leur proposer les fromages de chèvre que son fils fabriquait dans leur ferme des Cévennes. Puis Christian a déménagé dans le Lot où il a repris un élevage. Il a eu 69 ans en janvier 2020.

Ses anciens camarades de lycée, Claudette, Geneviève, Françoise, Luc, Didier, Martine, Anne, Édith, Gérard, Georges, Joseph et les autres se sont perdus de vue, chacun gardant, précieux autant que douloureux, son bout de mémoire de la professeure qui les a tant marqués. Max, le plus jeune d'entre eux, est décédé. Tout au long de sa vie, il n'a cessé d'évoquer Gabrielle auprès d'Alain, son mari.

Le juge Bernard Palanque, 95 ans, vit seul avec son chat depuis la mort de son épouse, parmi ses livres, ses deux pianos et ses collections complètes de revues d'histoire et de bulletins du Syndicat de la magistrature. À l'été 2020, il a reçu un coup de téléphone de Colette Dubois, la mère de Luc, fidèle copain de Christian Rossi. Ils avaient longtemps entretenu des relations amicales, puis la vie et les années les avaient éloignés. La délicieuse vieille dame de 93 ans avait un secret à confier à l'ancien juge d'instruction. Il ignorait à quel point elle avait soutenu la professeure et même protégé ses amours avec Christian. Elle lui a avoué que, cinquante et un ans plus tôt, quand il recherchait le garçon et qu'il lui avait téléphoné pour savoir si son fils Luc avait une idée du lieu où il pouvait se cacher, elle lui avait menti. Christian était chez eux.

Les jumeaux Joël et Valérie ont tout juste franchi la soixantaine. Le fils de Gabrielle a recherché et rencontré, à trois reprises, celui que sa mère a aimé. Valérie lui a écrit à son tour, il y a quelques années, après avoir regardé les vieilles bobines de film témoins des heures heureuses des deux amants. Elle voulait les lui confier. Christian a décliné son offre. « Cette période de ma vie est un jardin secret que je n'aborde jamais même si je vis avec. Il faut que tu saches qu'il m'est très difficile sinon impossible d'évoquer ces souvenirs », lui a-t-il répondu.

Au numéro 127 de la 26e division du cimetière du Père-Lachaise, où Gabrielle est enterrée, le nom de la lointaine parente Rossi, qui avait légué cette concession perpétuelle à la famille Russier, a été retiré du fronton de la chapelle, selon la volonté de René Russier. Le père de Gabrielle et son épouse Marjorie reposent auprès de leur fille unique. Une femme amoureuse de 32 ans, qui avait voulu croire que 1968 était la « première année du monde » mais qui ne fut, selon les mots de Raymond Jean, que « l'enfant prématurée » de son mois de mai. Une professeure qui s'était promis de faire aimer à ses élèves les poèmes d'Éluard.

Ce récit est le fruit d'une enquête auprès de plus d'une centaine de témoins. Parmi eux, vingt et un anciens élèves de Gabrielle Russier et d'autres anciens élèves du lycée Nord de Marseille entre 1967 et 1970.

Ces témoins nous ont livré leurs souvenirs et donné accès à leurs archives personnelles.

Photo de la carte d'étudiante de Gabrielle Russier à La Sorbonne, octobre 1956.

Gabrielle Russier et Michel Nogues le jour de leur mariage, le 8 février 1958 à Paris.

Les jumeaux, Joël et Valérie,
4 ans, avec leur chat
à Aix-en-Provence en 1963.

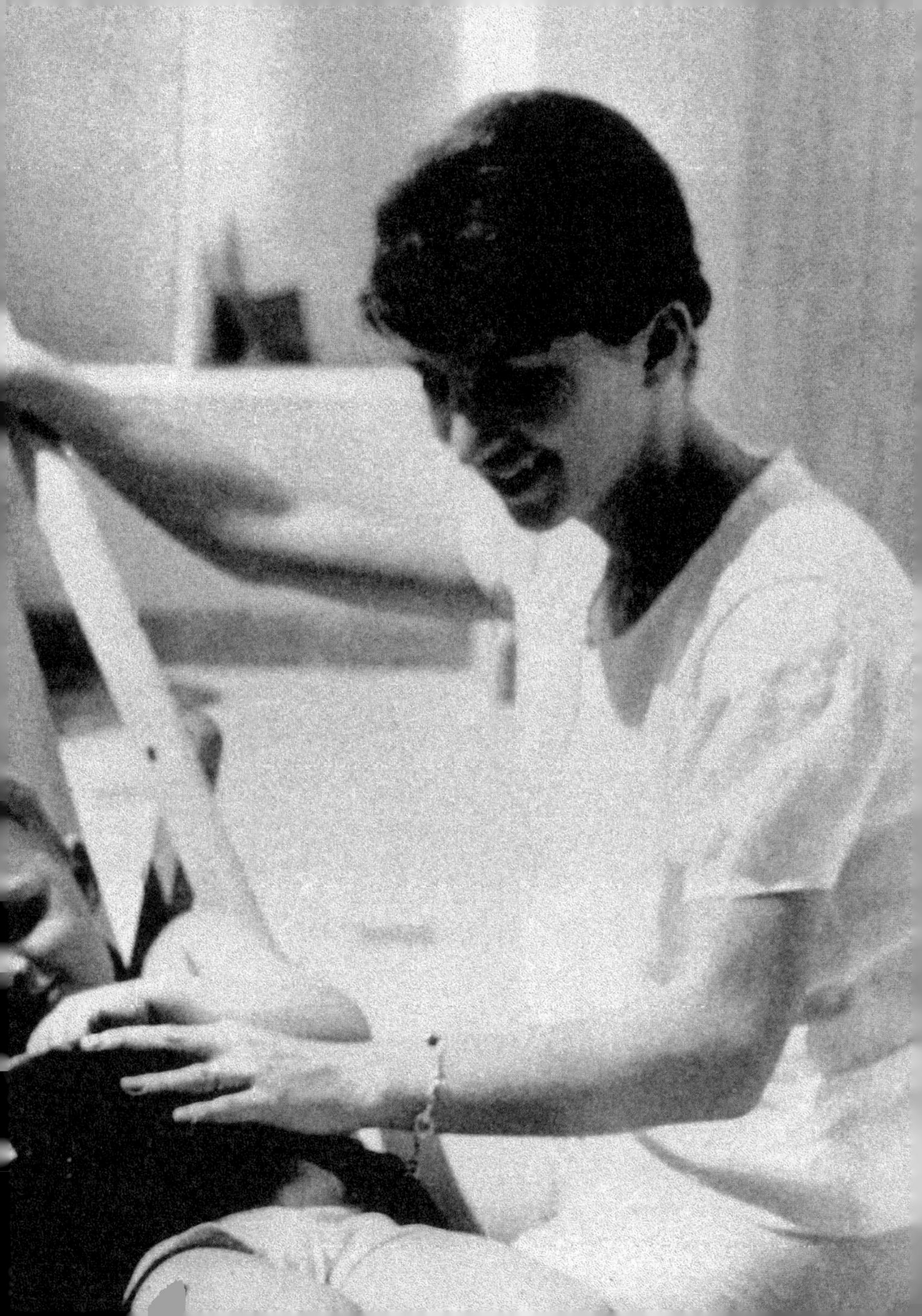

Gabrielle à Montmartre devant le cabaret Au Lapin Agile, après avoir été reçue à l'agrégation de lettres modernes, en juillet 1967.

La classe de seconde C à la rentrée de septembre 1967.
Christian Rossi est au dernier rang, le deuxième à partir de la droite.

À Ancelles, station de ski des Alpes-de-Haute-Provence. Gabrielle avec ses élèves en mars 1968.

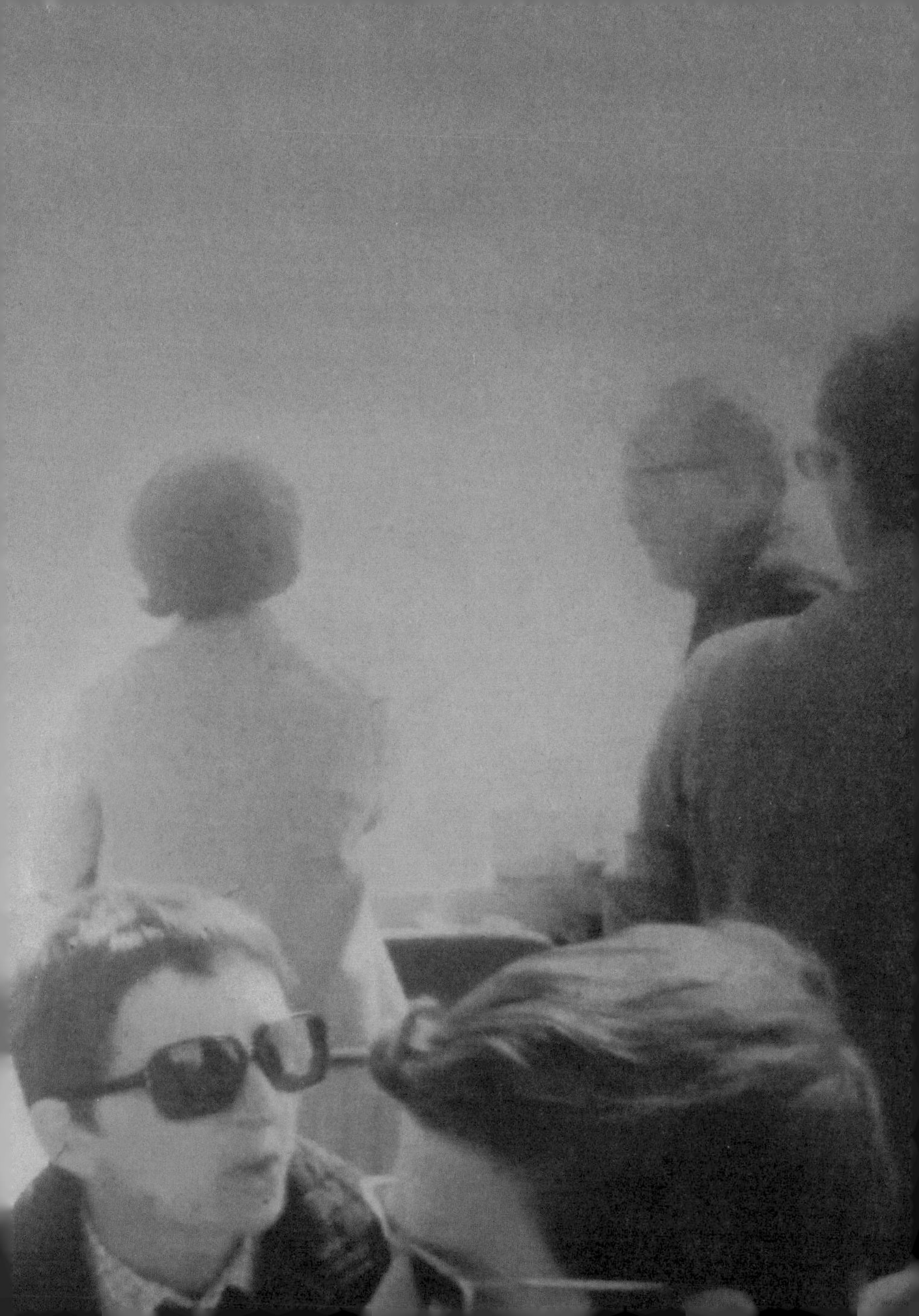

Photomaton de Christian Rossi en mai 68 donné à une de ses amies.

1

FAYS CE QUE VOULDRAS

Les élèves
Les parents d'élèves
les professeurs
du Lycée Nord St Antoine

ont le plaisir et l'honneur de vous annoncer la création
de la TERMINALE A13

organisation des cours
règlement.

ENSEIGNEMENT

Professeurs :

Philo : Mme Nogues avec la gracieuse participation de MM Boscau [?]
Mlle Riebel

Français : Mme Nogues
Mlle Blasquez

Langues : Allemand M. Fourcade
Espagnol Mme Nogues
Italien M. Rossi
Anglais Mme Nogues

Educ Physique : Mlle Hourraille (natation)
M Perdo (navigation)
M Dubois (ski)

~~Art dramatique~~

Des cours facultatifs de grec et de latin sont assurés par MM Dubois et Fourcade.

~~Public relation~~

Mlle Blasquez et Mlle Fernandez rédigent le journal du lycée
Mlle Fernandez tiendra le cahier de textes
~~Educ Phys. Mlle Hourraille~~ Mme Nogues assurera les reportages cinématographiques

Gabrielle dans son appartement à Marseille, résidence Nord, été 1968.

Extrait du film étiqueté « L'immontrable », saisi lors de la perquisition en décembre 1968. Idem pour les pages 179, 180-181, 182 et 185.

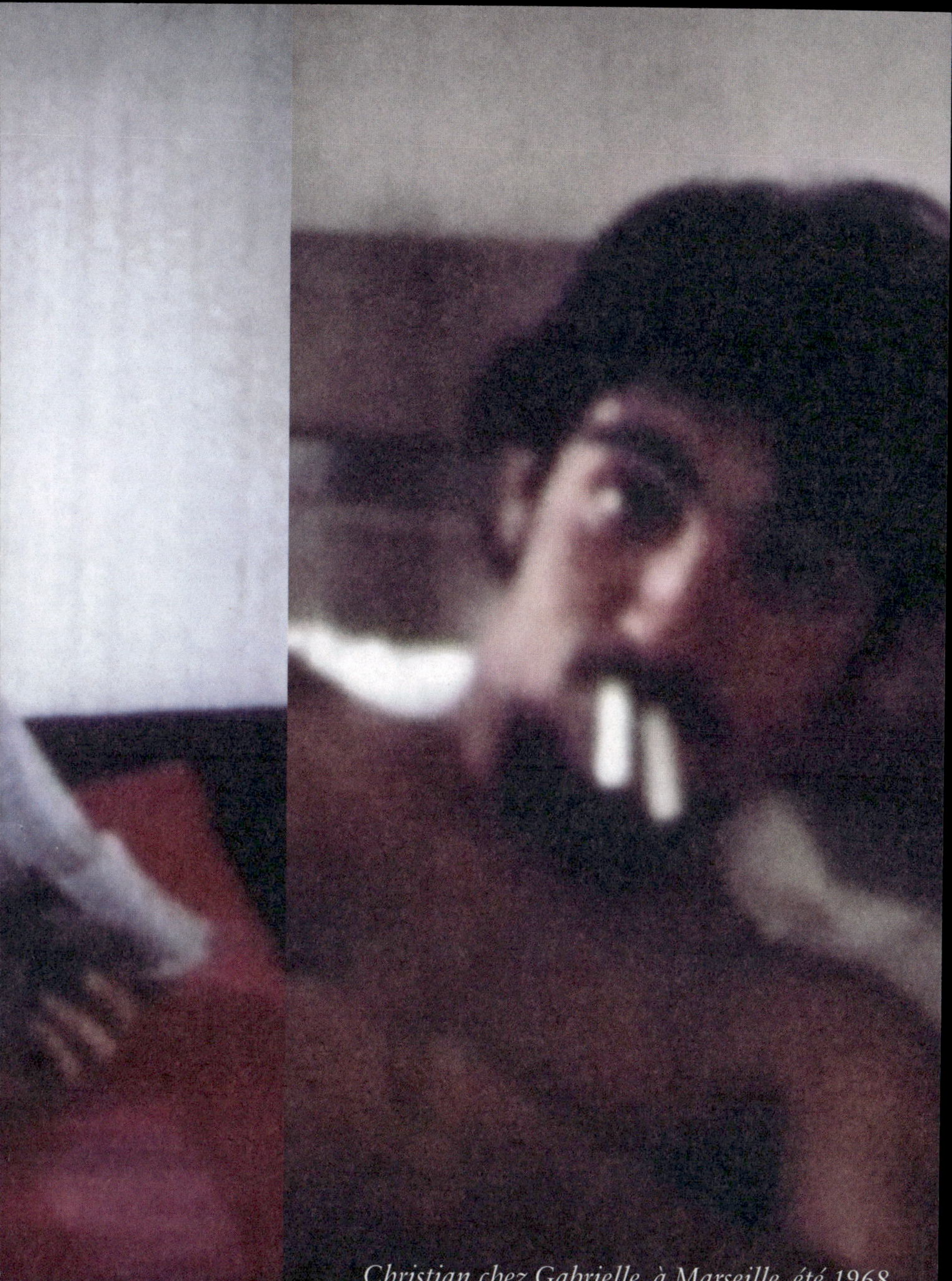

Christian chez Gabrielle, à Marseille, été 1968.

Gabrielle chez elle, à Marseille, été 1968.

Gabrielle chez elle, à Marseille, été 1968.

Gabrielle dans son appartement à Marseille, été 1968.

La 2CV de Gabrielle, printemps 1968.

Sur la plage de Sainte-Croix à Martigues, juillet 1968.

Christian Rossi à Barcelonnette, photographiée par Gabrielle, le 29 juin 1968.

Sur la plage de Sainte-Croix à Martigues,
Gabrielle et Christian Rossi, juillet 1968.

À l'été 68, Christian et Gabrielle chez une élève.

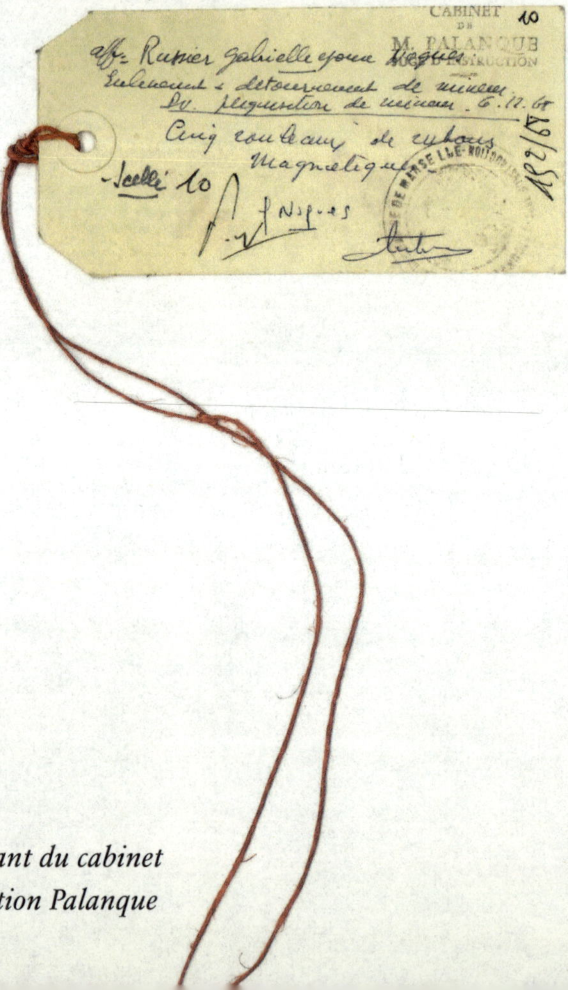

Étiquette provenant du cabinet
du juge d'instruction Palanque

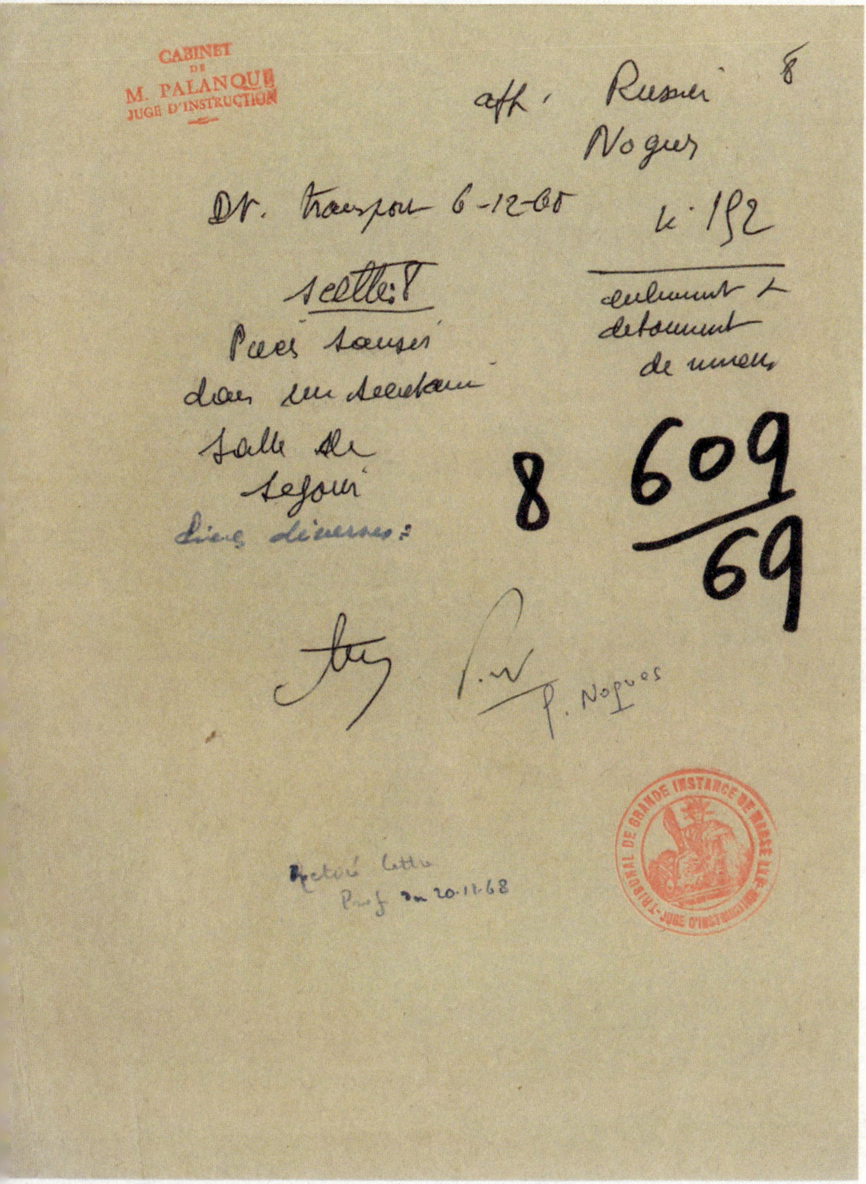
CABINET
DE
M. PALANQUE
JUGE D'INSTRUCTION

aff. Russier
Nogues

scellé : 8

8 609/69

P. Nogues

TRIBUNAL DE GRANDE INSTANCE DE MARSEILLE
JUGE D'INSTRUCTION

Dossier Affaire Russier-Nogues

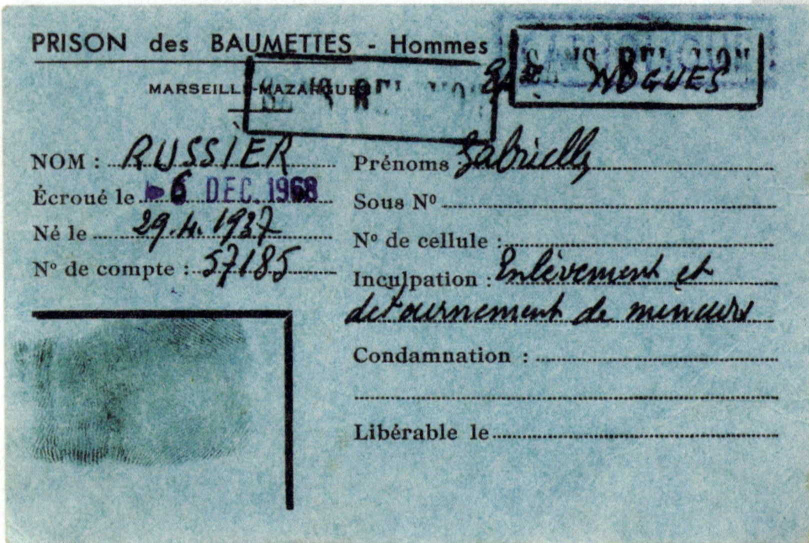

PRISON des BAUMETTES - Hommes

MARSEILLE-MAZARGUES

NOM : RUSSIER — Prénoms : Gabrielle

Écroué le 6 DEC. 1968 — Sous N°

Né le 29.4.1937 — N° de cellule :

N° de compte : 57185 — Inculpation : Enlèvement et détournement de mineurs

Condamnation :

Libérable le

Carte d'écrou de Gabrielle, délivrée lors de sa première incarcération, le 6 décembre 1968.

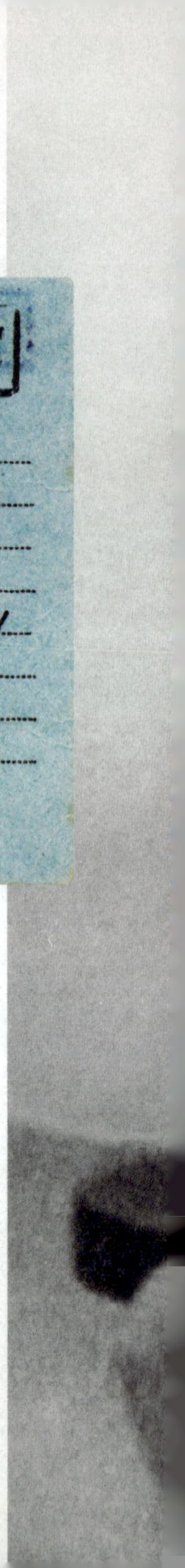

Au palais de justice de Marseille, Gabrielle avec sa collègue, voisine et amie Gilberte Thouvenot, le 10 juillet 1969.

Nuit de Noël 68

Tous mes amis sont emprisonnés
Chris je ne voulais de penser à toi,
j'aurais voulu me faire belle pour toi, rire avec toi
Françoise, j'ai allumé les bougies pour vous, et ce n'est pas vrai que Fantodor est affreux, le petit ange à côté de moi me le disait bien
Il m'a aidée.
Ce n'était pas trop triste, parce que cet après-midi vous êtes venue et alors c'était vraiment Noël

Je regarde encore une fois les lumières de la ville mais tous vous êtes loin
Céleste, Catherine, Edith
Luc, tu reviens demain mais le soir dans la St Nicolas, avec ton air de gosse

Je ferai tout pour que l'an prochain nous soyons ensemble
Tout = tenir bon encore ces jours de fête, de vacances, d'absence, d'ennui -
lutter contre la mélancolie

« Noël 68 », texte de Gabrielle Russier

Nuit de Noël 68*

Tous mes amis sont emprisonnés
Chris je ne cessais de penser à toi,
j'aurais voulu me faire belle pour toi, rire
avec toi
Françoise, j'ai allumé les bougies pour
vous, et ce n'est pas vrai que Frotadou
est affreux, le petit ange à côté de
moi me le disait bien
Il m'a aidée.
Ce n'était pas trop triste, parce que
cet après midi vous êtes venue et
alors c'était vraiment Noël

Je regarde encore une fois les lumières
de la ville mais tous vous êtes loin
Céleste, Catherine, Edith
Luc, tu reviens demain mais le
soir dors tu à St Nicolas, avec
ton air de gosse

Je ferai tout pour que l'an
prochain nous soyons ensemble
Tout = tenir bon encore ces
jours de fête, les vacances,
l'absence, l'ennui.
Lutter contre la mélancolie

* *Les lettres sont retranscrites telles qu'elles ont été écrites.*

Rejoindre Joyeux

T'attendre, Chris, pour te voir sourire

Si les dieux le veulent, bientôt, le jour de ton anniversaire, on allumera les bougies et on boira le champagne de tes 17 ans

Songes-tu en cette nuit de Noël, à toute la tendresse du monde
Songes-tu aux gosses du Vietnam et de Cuba

Et sache que je t'attends, Père Noël

Que je pensais à ta solitude
Que j'avais envie de crier, à travers les collines illuminées.
Chris je t'aime, mais pas [illegible]. Attends moi.

«Noël 68», texte de Gabrielle Russier

Repeindre Dyane

T'attendre, Chris, pour te voir
sourire
Si les dieux le veulent, bientôt,
le jour de ton anniversaire,
on allumera les bougies et
on boira le champagne de tes
17 ans

Songes tu, en cette nuit de Noël,
à toute la tendresse du
monde
Songes tu aux gosses du Vietnam et
de Cuba

Et sache que je t'attends, père
Noël

Que je pensais à ta solitude
Que j'avais envie de crier, à
travers les collines illuminées.
Chris, je t'aime, n'aie
pas mal. Attends moi.

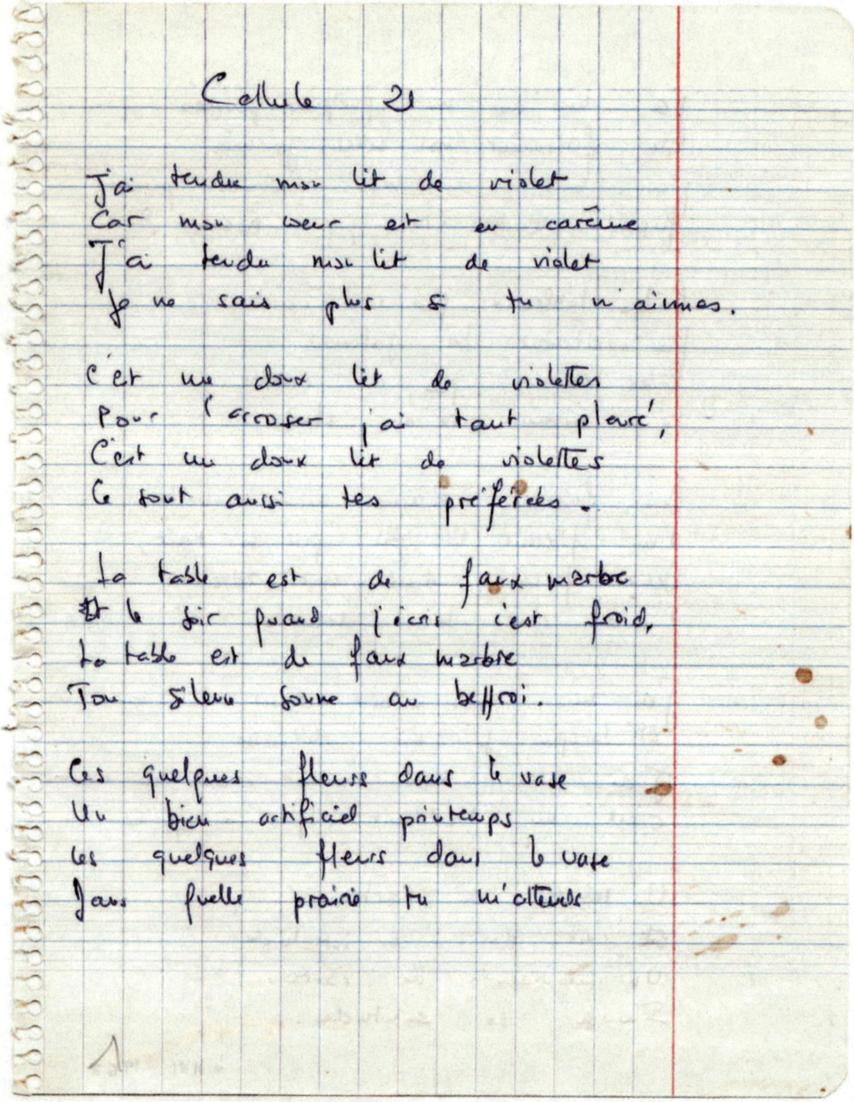

Cellule 21

J'ai tendu mon lit de violet
Car mon cœur est en carême
J'ai tendu mon lit de violet
Je ne sais plus si tu m'aimes.

C'est un doux lit de violettes
Pour l'arroser j'ai tant pleuré,
C'est un doux lit de violettes
Ce sont aussi tes préférées.

La table est de faux marbre
Et le soir quand j'écris c'est froid,
La table est de faux marbre
Ton silence sonne au beffroi.

Ces quelques fleurs dans le vase
Un bien artificiel printemps
Ces quelques fleurs dans le vase
Dans quelle prairie tu m'attends

« Cellule 21 », texte de Gabrielle Russier

Cellule 21

J'ai tendu mon lit de violet
Car mon cœur est en carême
J'ai tendu mon lit de violet
Je ne sais plus si tu m'aimes.

C'est un doux lit de violettes
Pour l'arroser j'ai tant pleuré,
C'est un doux lit de violettes
Ce sont aussi tes préférées.

La table est de faux marbre
Et le soir quand j'écris c'est froid,
La table est de faux marbre
Ton silence sonne au beffroi.

Ces quelques fleurs dans le vase
Un bien artificiel printemps
Les quelques fleurs dans le vase
Dans quelle prairie tu m'attends

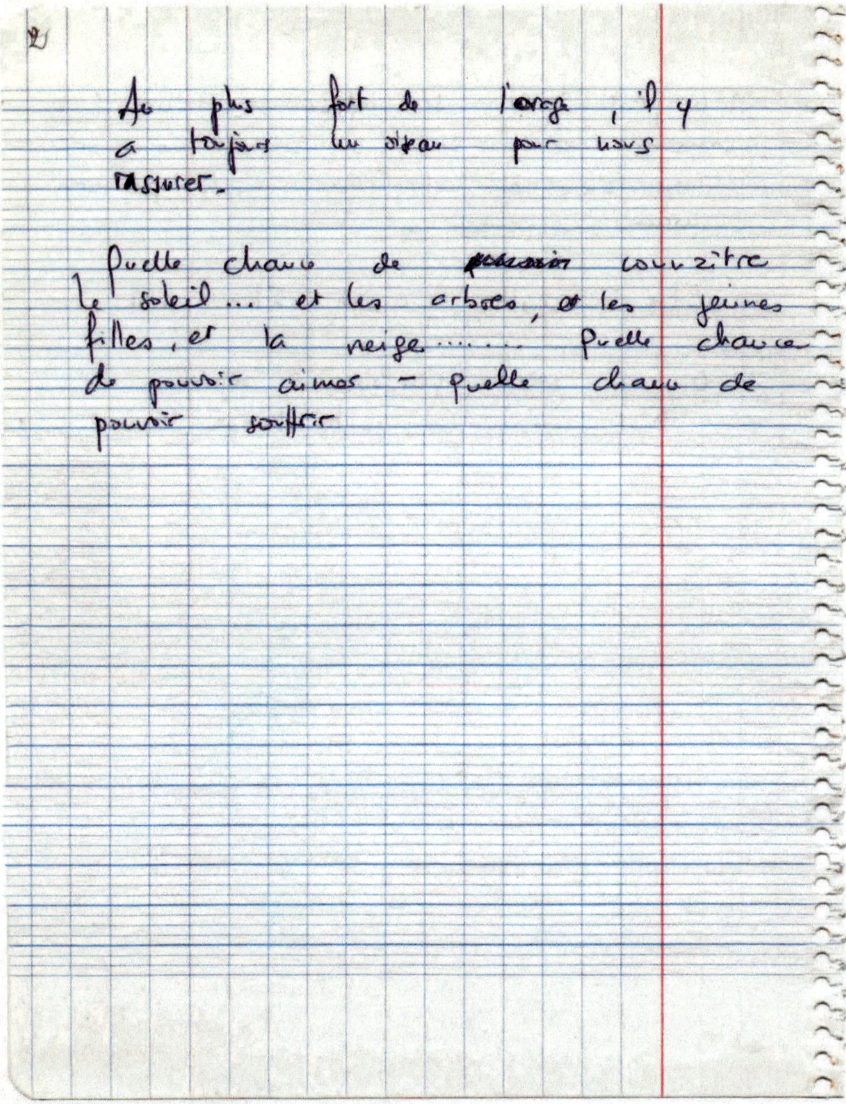

2

Au plus fort de l'orage, il y a toujours un oiseau pour nous rassurer.

Quelle chance de ~~[illegible]~~ connaître le soleil... et les arbres, et les jeunes filles, et la neige....... Quelle chance de pouvoir aimer – Quelle chance de pouvoir souffrir

« Cellule 21 », texte de Gabrielle Russier

Au plus fort de l'orage, il y
a toujours un oiseau pour nous
rassurer.

Quelle chance de [rature] connaître
Le soleil… et les arbres, et les jeunes
filles, et la neige… Quelle chance
de pouvoir aimer – quelle chance de
pouvoir souffrir

Les étincelles de ton rire dorent le fond
de ma vie

Je te l'ai dit, je te l'ai écrit. Je ne te quitterai pas.
Même si ces barreaux, ces murs, l'espace,
nous séparent
Même si la mort nous séparait.
Si je reste ici j'écrirai une histoire. Notre histoire,
pour te parler, pour lutter contre la tentation d'
abandonner peu à peu l'énergie de vivre, de sourire.
Je te souris.

« Les étincelles », texte de Gabrielle Russier

Les étincelles de ton rire dorent le fond
de ma vie

Je te l'ai dit, je te l'ai écrit. Je ne te quitterai pas.
Même si ces barreaux, ces murs, l'espace,
nous séparent
même si la mort nous séparait.
Si je reste là j'écrirai une histoire, notre histoire,
pour te parler, pour lutter contre la tentation d'
abandonner peu à peu l'énergie de vivre, de sourire.
Je te souris.

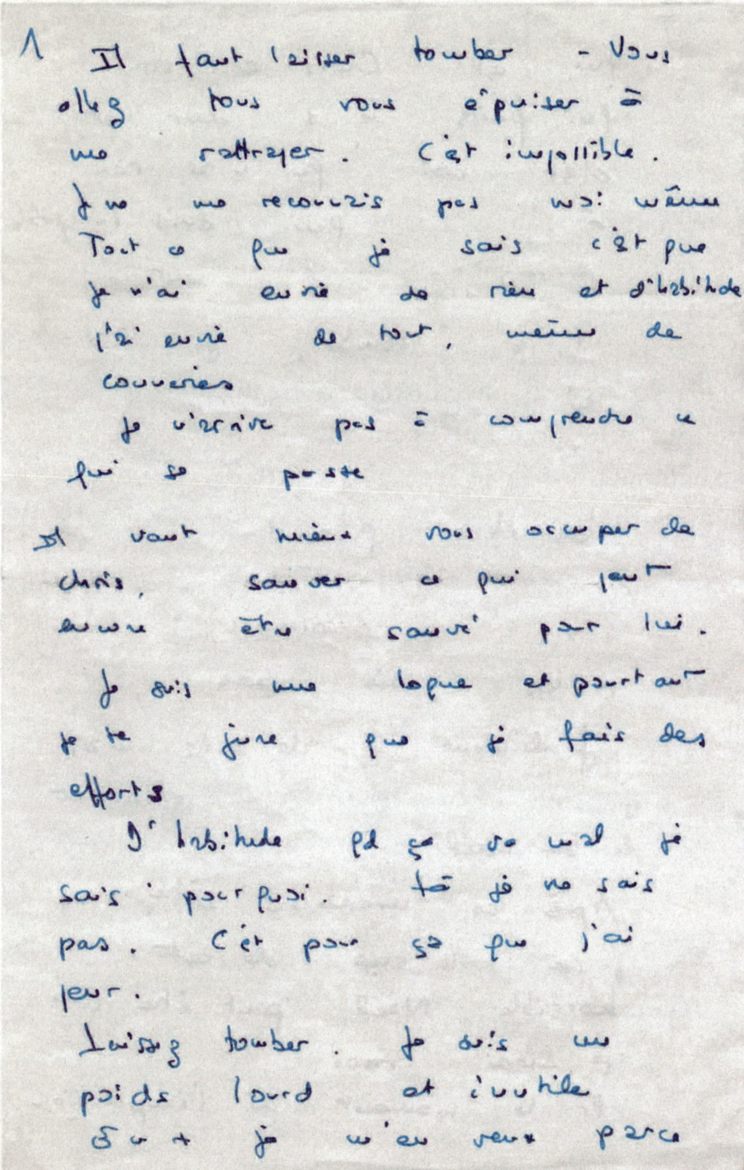

1 Il faut laisser tomber - Vous
allez tous vous épuiser à
me rattraper. C'est impossible.
Je ne me reconnais pas moi même
Tout ce que je sais c'est que
je n'ai envie de rien et d'habitude
j'ai envie de tout, même de
conneries

Je n'arrive pas à comprendre ce
qui se passe

Il vaut mieux vous occuper de
Chris, sauver ce qui peut
encore être sauvé par lui.

Je suis une loque et pourtant
je te jure que je fais des
efforts

D'habitude qd ça va mal je
sais pourquoi. Là je ne sais
pas. C'est pour ça que j'ai
peur.

Laissez tomber. Je suis un
poids lourd et inutile
et je m'en veux parce

« Il faut laisser tomber », texte de Gabrielle Russier

1
Il faut laisser tomber. Vous
allez tous vous épuiser à
me rattraper. C'est impossible.
Je ne me reconnais pas moi même
Tout ce que je sais c'est que
je n'ai envie de rien et d'habitude
j'ai envie de tout, même de
conneries
Je n'arrive pas à comprendre ce
qui se passe
Il vaut mieux vous occuper de
Chris, sauver ce qui peut
encore être sauvé pour lui.
Je suis une loque et pourtant
je te jure que je fais des
efforts
D'habitude qd ça va mal je
sais pourquoi. Là je ne sais
pas. C'est pour ça que j'ai
peur.
Laissez tomber. Je suis un
poids lourd et inutile
Svt je m'en veux parce

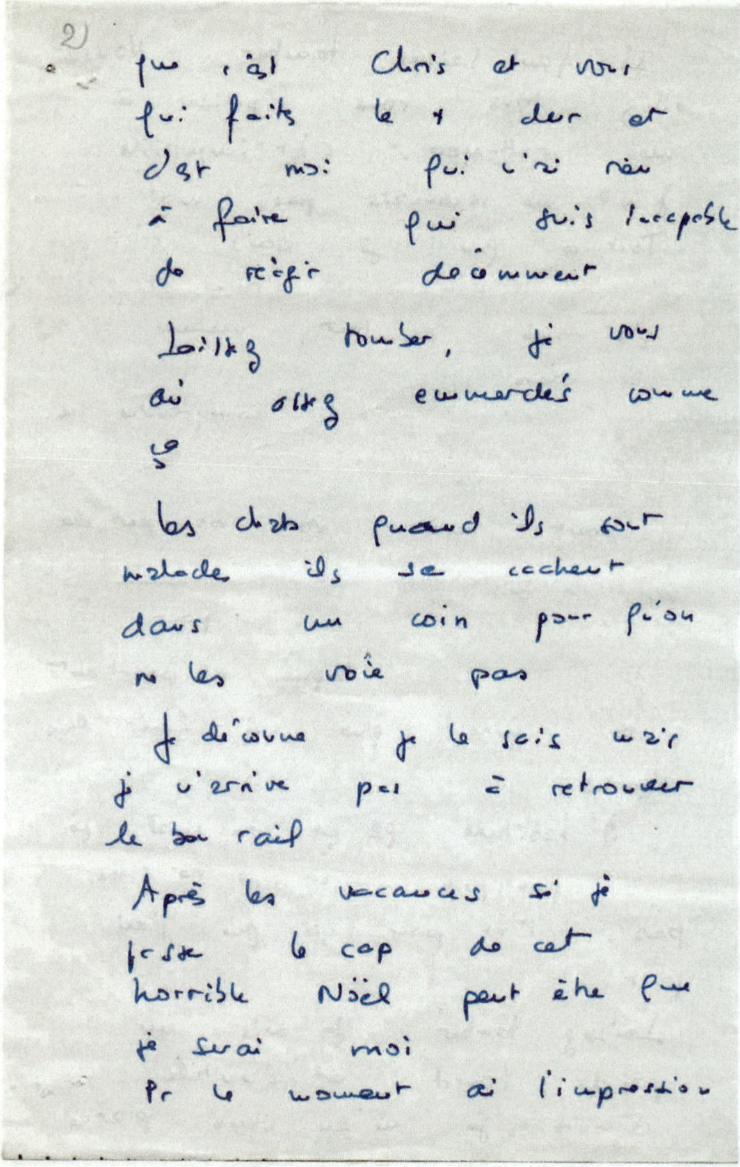

2)
que c'est Chris et vous
qui faites le + dur et
c'est moi qui n'ai rien
à faire qui suis incapable
de réagir décemment
Laissez tomber, je vous
ai assez emmerdés comme
ça
les chats quand ils sont
malades ils se cachent
dans un coin pour qu'on
ne les voie pas
je déconne je le sais mais
je n'arrive pas à retrouver
le bon rail
Après les vacances si je
passe le cap de cet
horrible Noël peut être que
je serai moi
Pr le moment ai l'impression

« Il faut laisser tomber », texte de Gabrielle Russier

2

que c'est Chris et vous
qui faites le + dur et
c'est moi qui n'ai rien
à faire qui suis incapable
de réagir décemment
Laissez tomber, je vous
ai assez emmerdés comme
ça
Les chats quand ils sont
malades ils se cachent
dans un coin pour qu'on
ne les voie pas
Je déconne je le sais mais
je n'arrive pas à retrouver
le bon rail
Après les vacances si je
passe le cap de cet
horrible Noël peut être que
je serai moi
Pr le moment ai l'impression

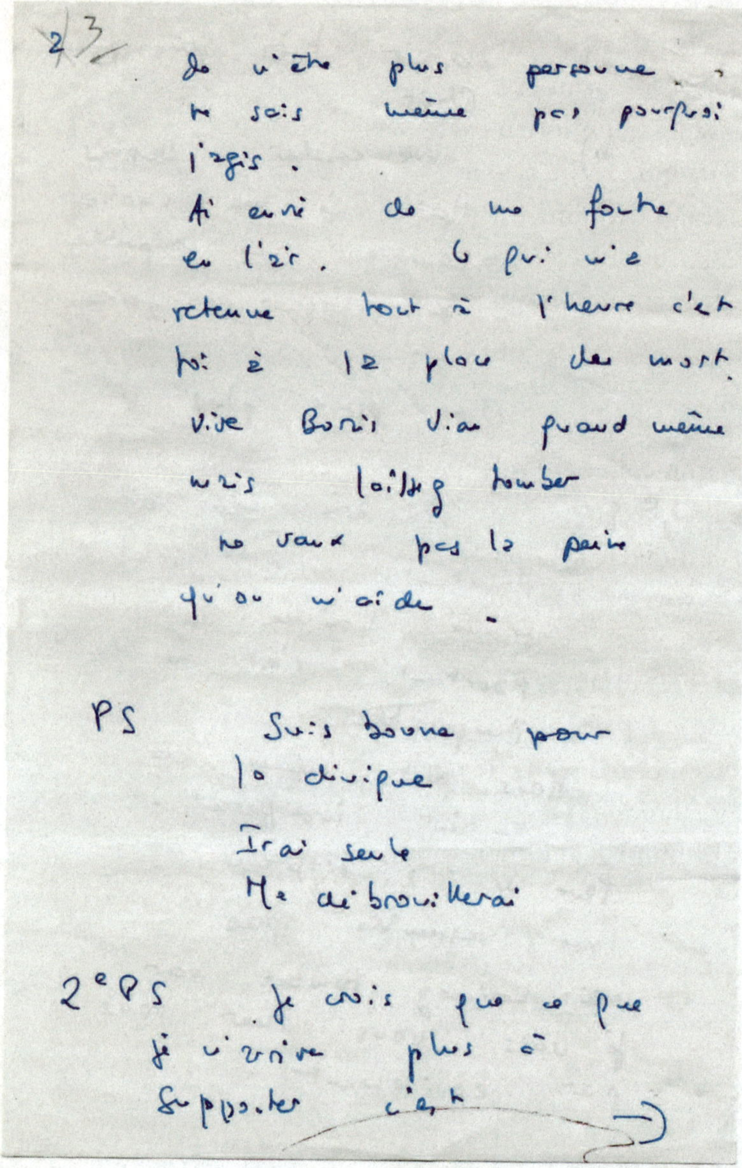
2/3

Je n'être plus personne.
ne sais même pas pourquoi
j'agis.
Ai envie de me foutre
en l'air. Ce qui m'a
retenue tout à l'heure c'est
toi à la place du mort.
Vive Boris Vian quand même
mais laissez tomber
ne vaux pas la peine
qu'on m'aide.

PS Suis bonne pour
la clinique
Irai seule
Me débrouillerai

2e PS Je crois que ce que
je n'arrive plus à
supporter c'est →

« Il faut laisser tomber », texte de Gabrielle Russier

3

de n’être plus personne
ne sais même pas pourquoi
j’agis.
Ai envie de me foutre
en l’air. Ce qui m’a
retenue tout à l’heure c’est
toi à la place du mort.
Vive Boris Vian quand même
mais laissez tomber
ne vaux pas la peine
qu’on m’aide.

PS Suis bonne pour
la clinique
Irai seule
Me débrouillerai

2e PS Je crois que ce que
je n’arrive plus à
supporter c’est

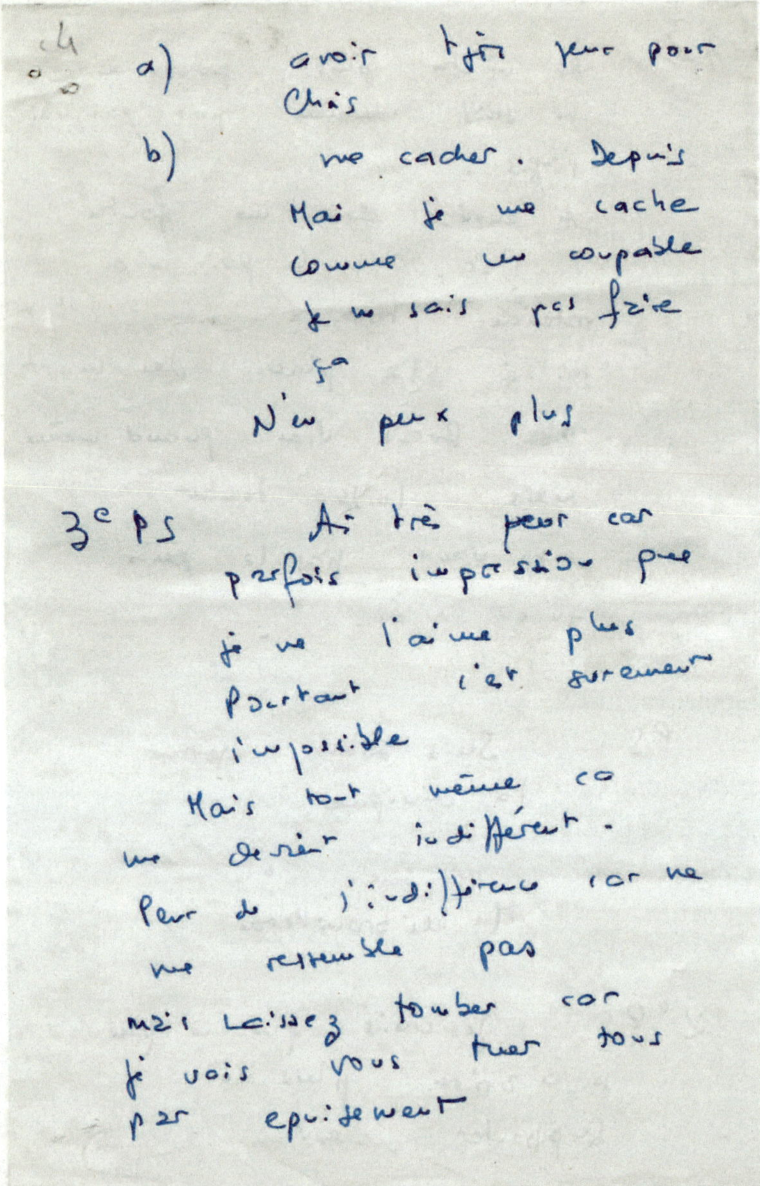

a) avoir tjrs peur pour
Chris
b) me cacher. Depuis
Mai je me cache
comme un coupable
je ne sais pas faire
ça

N'en peux plus

3e PS Ai très peur car
parfois impression que
je ne l'aime plus
pourtant c'est sûrement
impossible
Mais tout même ce
me devient indifférent.
Peur de l'indifférence car ne
me ressemble pas
mais laissez tomber car
je vais vous tuer tous
par épuisement

« Il faut laisser tomber », texte de Gabrielle Russier

4

a) avoir tjrs peur pour
Chris
b) me cacher. Depuis
Mai je me cache
Comme un coupable
Je ne sais pas faire
ça
N'en peux plus

3e PS Ai très peur car
parfois impression que
je ne l'aime plus
Pourtant c'est surement
impossible
Mais tout même ça
me devient indifférent.
Peur de l'indifférence car ne
me ressemble pas
mais laissez tomber car
je vais vous tuer tous
par epuisement

Gabrielle chez ses parents,
à Paris, Noël.

Bibliographie et archives

Lettres de prison, Gabrielle Russier, préfacées par Raymond Jean, Seuil, 1970.

Les Écrous de la haine, Michel Del Castillo, Julliard, 1970.

Plaidoyer pour une âme, Geneviève Lefèvre-Toussaint, Denoël, 1970.

Marseille, années 68, sous la direction d'Olivier Fillieule et Isabelle Sommier, Les Presses de Sciences Po, 2018.

Les Années, Annie Ernaux, Gallimard, 2008, « Folio », 2010.

À Gabrielle, merci pour l'utopie, Anne Riebel, Les Cahiers de l'égaré, 2014.

Satan qui vous aime beaucoup, Philippe Alfonsi et Patrick Pesnot, Robert Laffont, 1970.

Archives de l'INA, de RTL, de la presse nationale et régionale.

Fonds Madeleine-Baudoin aux Archives départementales des Bouches-du-Rhône.

Crédits photo

Toutes les photographies proviennent de collections particulières, sauf celle de la page 195 (© AFP).

Des mêmes auteurs

Pascale Robert-Diard

Le Monde. Les grands procès (1944-2010), avec Didier Rioux, Les Arènes 2009, nouvelle édition : *Le Monde. Les grands procès (1944-2012)*, Pocket, 2012

Le Procès Carlton avec le dessinateur François Boucq, Le Lombard, 2015

La Déposition, L'Iconoclaste, 2016, et « Folio », 2018

La Part du juge, Arkhê, 2017

Jours de crimes, avec Stéphane Durand-Souffland, L'Iconoclaste, 2018, et « Pocket », 2019

Joseph Beauregard

Des hommes en cavale, Mille et Une Nuits et Arte Éditions, 2001

François Duprat, l'homme qui inventa le Front national, Denoël, 2012

Dans l'ombre des Le Pen, une histoire des numéros 2 du FN, Nouveau Monde, 2013

Aux racines du FN. L'histoire du mouvement Ordre nouveau, Fondation Jean-Jaurès, 2014

L'exemplaire que vous tenez entre les mains a été rendu possible grâce au travail de toute une équipe.

ÉDITION : Charlotte Rotman
CONCEPTION GRAPHIQUE ET COUVERTURE : Quintin Leeds
RÉVISION : Isabelle Paccalet, Nathalie Reignier-Decruck
MISE EN PAGES : IGS-CP
PHOTOGRAVURE : Les Artisans du Regard
FABRICATION : Marie Baird-Smith et Bertille Comar
COMMERCIAL ET RELATIONS LIBRAIRES : Adèle Leproux avec Marie Bréhin
PRESSE ET COMMUNICATION : Karine Vincent

RUE JACOB DIFFUSION : Élise Lacaze (direction), Katia Berry (grand Sud-Est), François-Marie Bironneau (Nord et Est), Charlotte Jeunesse (Paris et région parisienne), Christelle Guilleminot (grand Sud-Ouest), Laure Sagot (grand Ouest), Diane Maretheu (coordination), Charlotte Knibiehly (ventes directes) et Camille Saunier (librairies spécialisées)

DISTRIBUTION : Interforum

DROITS FRANCE ET JURIDIQUE : Geoffroy Fauchier-Magnan
DROITS ÉTRANGERS : Sophie Langlais
ACCUEIL ET LIBRAIRIE : Laurence Zarra
ANIMATION : Sophie Quetteville
ENVOIS AUX JOURNALISTES ET LIBRAIRES : Vidal Ruiz Martinez
COMPTABILITÉ ET DROITS D'AUTEUR : Christelle Lemonnier, Camille Breynaert et Christine Blaise
SERVICES GÉNÉRAUX : Isadora Monteiro Dos Reis

En France, un livre a le même prix partout. C'est le « prix unique du livre » instauré par la loi de 1981 pour protéger le livre et la lecture. L'éditeur fixe librement ce prix et l'imprime sur le livre. Tous les commerçants sont obligés de le respecter.

Que vous achetiez votre livre en librairie, dans une grande surface ou en ligne, vous le payez donc au même prix.

Avec une carte de fidélité, vous pouvez bénéficier d'une réduction allant jusqu'à 5 % applicable uniquement en magasin (les commandes en ligne expédiées à domicile en sont exclues).

Si vous payez moins cher, c'est que le livre est d'occasion.

Achevé d'imprimer sur les presses
de l'imprimerie Corlet
à Condé-en-Normandie (Calvados)
en janvier 2021.

ISBN : 978-2-37880-176-2
N° d'impression : 20110033
Dépôt légal : mars 2021